傲嬌《ツンデレ》太子と愛のない婚姻

AI SATOKO
砂床あい

CHOCOLAT BUNKO

ILLUSTRATION 石田惠美

CONTENTS

【序章】　九天玄女《きゅうてんげんにょ》

――いまから約千年前。

天帝の第一皇子である月季《ユエチー》は、太歳星君《たいさいせいくん》封印のため巫山《ふざん》へと赴いた。

人界に暮らす人間に対し、天界に住まう神仙《しんせん》は天族と呼ばれる。修行を積んで修為《しゅうい》を高め、仙力《せんりょく》や方術を操る神仙は、人間にとって文字通り雲の上の存在だ。

しかし、神にも凶神というものが存在する。その代表格が太歳星君だ。「太歳の頭上で土を動かす」という諺《ことわざ》が「強いものに楯突く身の程知らず」という意味を持つように、この三面六臂《さんめんろっぴ》の祟り神は、人界でもっとも恐れられている。土中を自在に移動する太歳星君は、無力な人間にとって妖魔や魔族と同じくらい厄介な存在と言えるだろう。

その、神出鬼没の災いをもたらす神が、巫山の洞窟に現れたのである。

天帝の命令に従い、月季は九天玄女とともに巫山へと急いだ。

九天玄女は英雄を守護する女神であり、戦術と兵法を司る。父帝はまだ経験の浅い息子に、実戦を学ぶ機会を与えたつもりだったのだろう。ただ、世界の平定を保つためとはいえ、まだほんの年少の神にとっては荷が重い任務であることは確かだった。

「気を付けろ！」

六本の腕が触手のように伸び、宙に浮かぶ九天玄女に襲いかかる。軽く攻撃を交わし、霊力で焼き払おうとした瞬間、横から飛び込んできた月季が剣で薙ぎ払った。

肉片が嫌な音を立てて洞窟の壁面に叩き付けられる。だが斬られた腕は瞬く間に再生し、再びふたりに襲いかかった。

「殿下！」

「うっ……⁉」

反応が遅れ、横から伸びてきた触手に月季が捕らえられる。だが、すぐに霊力でできた飛針が次々と飛んできて腕を断ち切り、月季は素早く飛び退いた。

九色彩翠《さいすい》の長衣を翻し、九天玄女が抜く手も見せない素早さで、退邪《たいじゃ》封印の符紙《ふし》を投げる。

「殿下、封印の仙訣《せんけつ》を！」

「わかっている！」

金鐘の割れる音とともに、太歳星君が地面に釘付けにされる。三つの顔が醜く歪み、口々に叫び散らした。

『ギャァァ⁉』『やめろ！』『おのれ！』

怨嗟の声が響き渡る中、ふたりは空中で刀印を結んだ。詠唱とともに、白く光るふたつの陣が太歳星君を包み込む。

捕らえた——そう確信した瞬間だった。

太歳星君が突然、どろりと液状化した。ズズズと洞窟の地面に染み込み始める。

「地下に逃げ込まれます！　殿下、早く！」

「させるか！」

月季は身を翻し、剣にありったけの霊力を込めて地面に突き立てた。刹那、眩ゆい霊光が剣身から放たれ、大きな丸い陣が現れる。光の陣に捉えられ、太歳星君は咆哮を上げた。髑髏を連ねた首飾りが砕け散り、叫びもろとも、陣の中心部に吸い込まれていく。

静寂が戻ると同時に光の陣も消え、あたりは闇に包まれた。地面へと降りた九天玄女が両足を組んで座り、降魔印を結ぶ。封印の陣だけでは心もとないと考えたようだ。

やがて暗闇の中、九天玄女が立ち上がった気配がした。

「これほどの凶神を相手に、よくおできになりました。ただ少し霊力を使いすぎましたね」

「……ああ」

ふわりと洞窟の中が明るくなる。

九天玄女が掌の上に霊力を凝集させ、灯《とも》りを灯しているのが見えた。光はやがて大きな球体となり、蛍のようにふわりと宙に浮かび上がる。

「辛抱強く好機を待ち、機を捉えたら最も効果的な方法で切り込む。これは戦法に限ったことではありませんが、……殿下？　……殿下！」

声が遠のき、ぐらりと視界が揺らぐ。

法陣の中心に剣を突き立てたまま、月季はその場に倒れ込んだ。


「――……」

宵の明星のように輝く一対の瞳が、自分を覗き込んでいる。

目が合った瞬間、月季はがばりと身を起こした。注がれていた霊力が途絶え、肩に掛けられていた黒狐の毛皮が地面に落ちる。

太歳を封印してすぐ、気を失ったらしい。

いったいどれほどの時間、こうしていたのだろう?

九天玄女とまともに話したのは今回が初めてだ。そんな相手に、よりにもよって膝枕で介抱され、赤面どころの騒ぎではない。無意識に腰のあたりを探りながら、月季は頭を抱えたくなった。

「これをお探しですか?」

月季の仕草から、すぐに察したらしい。九天玄女が傍らに置いていた剣を取って差し出す。

「あ、ああ。……恩に着る」

月季は佩剣《はいけん》を受け取ると、胸に抱いて小さく息をついた。

この軒轅剣《けんえんけん》は、生誕時に父帝から賜った宝剣だ。剣身は霊気を帯びて白く輝き、柄には軒轅の十七星である龍を象った美しい装飾が施されている。

「もう少し力が回復したら、天宮に戻りましょう」

「ん」

顔を赤くしたまま、月季は素っ気なく頷くと、少し離れた場所に座り直した。結跏趺坐《けっかふざ》して目蓋を閉じ、気を巡らせる。

――恥ずかしい。

己の力不足を露呈しただけではない。神格も歳もずっと上の女神に寝顔を見られ、その上、霊力まで分け与えられた。天帝の子のくせに力の配分も考えず、倒れるなんてみっともない。心の中で失笑されているのではないだろうか。

気を整え、瞑想を解いて目蓋を開ける。ちらと視線を横に流すと、九天玄女は黒狐の斗篷《マント》を肩にかけた姿で片膝を立てていた。

武徳を備えた男装の麗人は、宮中にいる天女とはまるで違う。戦闘中の凛々しさは無論のこと、くつろいでいるときでさえ女の匂いを感じさせない。天宮を見回しても、雄々しいという言葉がこれほど似合う美女はいまい。

月季の視線に気づき、九天玄女が顔をこちらに向けた。立てた片膝に肘を置き、唐突に問いかける。

「なぜ、私を護ろうと？」

さきほどの無様な姿を思い浮かべ、月季はますます赤くなる。

それでもどうにか表情を保ち、彼は逆に問い返した。

「……自分のほうが強いのにと言いたいのか？」

九天玄女の口許に笑みが浮かぶ。言葉にはしなかったが、事実だからだろう。

月季に護られなくとも、九天玄女は傷ひとつ負わなかったに違いない。戦術と兵法を司る守護神は、あらゆる道術に長けている。自分こそ、無駄な動きで霊力を消耗し、封印後に倒れていては世話がない。

内心で自虐しつつも月季は顔を上げ、曇りのない瞳でまっすぐに九天玄女を見つめた。

「天帝の子として、配下は護らねばならぬ。己より強かろうが、男だろうが、女だろうが」

「……」

九天玄女の顔から笑みが消える。

月季は天帝の第一皇子だ。しかし、長子でありながら父帝から冷遇されていることは、天界中が知っている。

過ぎた昔、月季の実母が、懐妊中の側妃に毒を盛り、廃后の末に処刑されたからだ。

幸い、側妃は大事に至らず、無事に男児を出産し、天后の座についた。だが天帝はいまも愛妃を害そうとした女を疎んじ、その息子である月季をも遠ざけ続けている。

ただ、たとえ罪人の子であろうとも、気概と矜持まで失うわけにはいかない。だれに誹られようが、いつか汚名を雪《そそ》ぐほどの功績をあげてみせる。この宝剣を心の支えに、いずれは戦神として天軍を率いるのだ。

天界で活路を開き、父帝に認めてもらうためにも――。

「……日々、学んだことを活かして、これからもっと強くなる」

この日の宣言通り、大人になった月季は着々と力を付け、太子に封じられた。

天軍の総帥として神将神兵を従え、あらゆる武器を使いこなし、老臣とも対等に兵法を論じ合う。背筋を伸ばし、剣を帯びて立ついまの姿に、幼い日の面影はもはやない。

普段、崑崙《こんろん》で西王母《さいおうぼ》に仕える九天玄女とは、その後も何度か蟠桃会《ばんとうえ》で顔を合わせた。だが、それ以外に接点はほとんどなく、ふたりが親しく言葉を交わすことはなかった。

そして千年の時を経て、月季は太歳星君のことも、固い膝枕のことも、忘却の彼方へと押しやってしまったのである……。

【一】 太子、嫁娶

天宮の正殿に、月下老人《ユエシァラオレン》の厳かな声が響く。

「二拝高堂――」

煌びやかな婚礼服を纏った月季と九天玄女が、天帝と天后の前で一礼する。美しいふたりの姿を眺めながら、参列する上神たちは声を潜めて囁き合った。

「どうなることかと思ったが、これで天界も安泰だな。お似合いのふたりではないか」

「神格も容貌も品性も、将来の天后として申し分ない。西王母は良縁を取り持ったものだ」

「かなりの年増女房だがな」

「シーッ。五百年前の例の事件を覚えておるだろう。あんなことがあった後で、嫁に来てもらえるだけ……」

月季の異母弟、百華王《ひゃっかおう》の通称を持つ紅琰《ホンイェン》がチラリと彼らに冷ややかな視線を投げる。噂好きの神々は慌てて口を閉じ、そ知らぬ顔で前を向いた。紅琰の隣にぴたりと寄り添う魔王太子がそれを眺めて鼻で笑う。

（ふん……聞こえているぞ、ジジィどもめ）

三拝目を終えた月季は、心の中で毒づいた。

五百年前の「事件」――それは、天宮で月季が起こした刃傷沙汰《にんじょうざた》のことだろう。

当時、天界と魔界は一触即発の緊張状態にあった。正道とされる仙力に対し、魔力は邪道とされ、天族からは白眼視《はくがんし》される。両族が反目し合う中、魔界の王太子があろうことか天帝の第二皇子と恋に落ち、三界を巻き込む大惨事へと発展しかけたのである。

だが紆余曲折を経て、魔界は魔王の名代として王太子を天宮に送り、戦争を回避するための和解案を提示した。そして同時に、紅琰と魔王太子の婚姻を求めたのだ。

月季が天帝の意に逆らったのは、後にも先にもその時が初めてだった。母を亡くしてから唯一、心を寄せていた異母弟を誑かされた怒りに我を忘れ、天帝の御前で剣を抜き、魔王太子に切りかかったのである。

衆目の中、紅琰を巡る愛憎の修羅場を繰り広げた月季の弟控《ブラコン》ぶりは天界中に知れ渡り、天帝は火消しに躍起になった。当然だろう。体面も大事だが、なによりも天の太子に嫁の来手がない、という事態だけは避けねばならない。

九天玄女との縁談が持ち上がったのはそんな折だ。

内々に西王母から、九天玄女を東宮妃にどうかという申し入れがあり、天帝は嬉々として承諾した。年齢差はかなりあるが、あのような事件があった後では些末な問題だ。西王母は仙女たちの頂点に君臨する。彼女という後ろ盾を得るということは、太子としての足場を固めるという点で大きな意味を持つ。

父帝が決めた婚姻を、月季はこれまで通り、従順に受け入れた。

紅琰が、魔界の王太子に嫁してから五百余年。百華王の庭ではいま、彼らの種子が育っている。天界と魔界との関係も平穏であり、戦が起こる気配すらない。いずれ帝位を継ぐ身として、後継を作る。それは東宮の義務でもある。相手は、未来の天后に相応しい女であればだれでもいい。冷たく聞こえるかもしれないが、それは相手も織り込み済みだろう。

太子の正妃は、男児を産んだ時点で、未来の天后の座を約束されたに等しい。いずれは帝王の寵愛よりよほど確かな、天帝の生母という地位を手に入れられる。

西王母の副官を務め、英雄の守護神として永く独身を貫いてきた女傑が、ひ孫くらい年下の太子に輿入れするのだ。彼女も、心から望んでの婚姻ではないだろう。天宮からよほどの圧力をかけられたか、あるいは、本人が相当な野心家か……。

いずれにせよ、この結婚の見返りとしては充分だろう。

夜も更け、月季は洞房《どうぼう》に入った。

足を運ぶごとに音もなく蝋燭の灯りが揺れ、微かな花の香りが漂う。

床帷《とばり》が垂れ下がる新床《にいどこ》には、白い羽扇で顔を隠して座る九天玄女の姿があった。

——これも通過儀礼か。

月季は醒めた気分で花嫁の隣に腰を下ろした。無言のまま、無造作に羽扇を退ける。

背後から、伏目がちな九天玄女の白い顔が現れた。

長い睫毛に縁どられた大きな目がゆっくり開き、月季を見つめる。

結婚相手の美醜などどうでもいいと、ろくに顔も見ずに今日まできた。しかし、改めて見るとやはり美しい。結い上げられた射干玉《ぬばたま》の髪は幾重にも艶を放ち、鼻梁は高く、顎は細い。唇もほんのりと色づいて艶やかだ。引き締まった身体つきは非の打ち所がなく、花嫁衣装がよく映える。

ふと、遠い昔、ともに大歳を封印したときのことを思い出した。

あのときの自分はまだ成長途中の少年で、長身白皙《はくせき》の彼女を見上げて話していた。

だが、大人になったいま、こうして肩を並べてみても、体格にそれほどの差はない。男装の麗人と誉れ高いだけでなく、実戦でも勇ましい姿を月季は知っている。

「九天玄女」

「太子殿下。私のことは、連理《リェンリー》、と呼んでほしい」

ああ、と月季は短く相槌を打った。

九天玄女は、いわば通称のようなものだ。天帝が西王母を「婉姈《ワンリン》」と字《あざな》で呼んでいるくらいなのだから、夫婦となった自分たちが、私的な場でまで他人行儀に呼び合うことはない。

「では、私のことも〝太子殿下〟ではなく、好きに呼ぶがいい」

九天玄女、いや連理が微笑みながら頷く。

「では、郎君《ろうくん》とお呼びしても？」

「構わぬ」

くすぐったくはあるが、公式な場はともかく、閨《ねや》でまで殿下、殿下と呼ばれるのも興覚めだ。

月季は手を伸ばし、花嫁の頭から儀礼用の九鳳冠《きゅうほうかん》を外した。

「疲れただろう。ここはもう私たちだけだ。面倒なことは省こう」

格式に則り、太子の婚礼は三日間に渡って行われた。

天帝の長子ともなれば来賓の数は数えきれない。来賓歓迎の宴に始まり、新郎新婦が両親に八宝茶を淹れる敬茶の儀、互いの腕を交差させて祝酒を飲む交杯酒など、衆目の中での儀礼行事は多岐に渡る。九天玄女は嫌な顔ひとつしなかったが、花嫁衣装と装飾品は豪華で重く、気を張り続けて疲れているのは間違いない。

早く終わらせて休みたいのは自分も同じだ。

月季は事務的に花嫁の帯に手をかけ、解きながら褥《しとね》に押し倒した。

連理の腕がしなやかに伸び、月季の肩にかかる。

熟《こな》れた仕草で花婿の襟を寛げ、中の帯を取り去りながら、花嫁が囁いた。

「殿下に嫁ぐことができて嬉しい」

社交辞令を聞き流し、月季は淡々と花嫁の着ている物を脱がせていく。九天玄女とは遠い昔に一度、任務をともにしたきり、ろくに話したことはない。おそらく、結婚そのものよりも太子妃になれたことが嬉しいのだろう。

煌々と輝く蝋燭の灯りの下、やがて幾重にも重ねた衣装の下から白い肩が現れた。滑らかな肌はどこまでもきめ細かく、熟れた蟠桃のように馨《かぐわ》しい。

「……」

腰紐を解き、張りのある大きな胸が露わになろうというところで、月季は手を止めた。年上で、どことなく積極的ではあるが、相手も女性だ。恥じらいというものはあるだろう。灯りを消したほうがいいか尋ねようとして——ふと、月季は花嫁の下腹部あたりに違和感を覚えた。

（ふくらみが……？）

解いた帯を手にしたまま、思わず相手の股間を凝視する。たしかに、花嫁の下衣に不自然なふくらみがあるような……。

月季はおそるおそる手を伸ばし、裙裾《すそ》をかいくぐって膝の内側に触れた。日頃の修練の賜物か、花嫁の長い脚はかなり筋肉質で引き締まっている。

いま、初夜の花嫁がどんな表情をしているのか、確かめる勇気はない。月季は喉を上下させ、ゆっくりと太腿の内側を上へと辿っていく。

あやしいふくらみに触れた瞬間、月季はまるで焼けた鍋に触れたように手を引っ込めた。目にもとまらぬ速さで身を反転させる。

だが次の瞬間、月季の身体は牀褥《しょうじょく》（寝台）に押し付けられていた。顔の両横に手首を縫い付けられ、厚く柔らかな褥子《じょくし》（掛布団）に身体が沈む。

「郎君、どこに行く？」

これまでとは打って変わった低い声が闇に響いた。

新郎の身体に馬乗りになった連理が顔を近づけてくる。

「……離せ」

咄嗟に声が上擦った。驚愕と惑乱に身体が震える。

連理が口端《こうたん》を上げた。

「初めてで怖気づいたか？」

「黙れ、嘘つきが！」

低く罵り、月季は相手を跳ねのけようと腕に力を込めた。だが、連理の力はさらに強く、一寸たりとも動かせない。屈辱に歯噛みしつつも、月季は尊大な態度で脅し付ける。

「天帝を欺いた罪は重いぞ。死を覚悟するがいい……！」

しかし、当の連理は微笑んだまま首を傾げた。

「欺いた？　私が？」

月季を組み伏せる連理の、内衣の前がはだけている。その隙間からは、自分と同じモノ——いや、それ以上の大きさの凶器が覗いていた。

「しらばっくれるな！　お、……おまえ、男ではないか！」

男装の麗人どころか、女装の男神だ。

だが花婿を組み敷いたまま、連理は一笑に付した。

「それがどうした？　私は、そなたと添い遂げる気で結婚した。気持ちに偽りはない」

「ふ、ふざけるな……！」

開き直りともとれる言葉に、怒髪冠を衝くどころの騒ぎではない。

月季は怒りに青ざめ、唇を震わせた。

天帝に性別を偽り、東宮に輿入れしてくるなんて正気の沙汰とは思えない。このようなふざけた真似が赦されていいものか。

「離せ！」

激しく拒絶され、一瞬だけ連理が手の力を緩める。

その隙に連理を突き飛ばし、月季は牀褥からまろび出た。襟元を片手で掴み、妻戸へと走る背中を連理の声が追いかける。

「いま出て行けば、太子が初夜に失敗したと噂になるぞ」

扉に手をかける寸前で、月季の動きが止まった。眉を跳ね上げて振り返る。

「貴様……！」

「天の太子が、間違えて男と結婚したと、公言するならそれもよかろう。しかし、そなたはそれで威厳を保てるのか？」

「……………」

人の口に戸は立てられない。太子が初夜の褥から裸足で逃げ出した——そんな噂は三日もあれば天宮中に広まるだろう。

樹木に皮があるように、人には面子というものがある。まして天上の神ならば何をか言わんや、だ。

天の太子ともあろう者が、騙されて男と結婚し、床入りするまでその事実に気づかなかった。

この事実が露呈すれば、天帝は間違いなく九天玄女を処刑するだろう。だが、月季の面子は丸潰れだ。

新しくまた妻を迎えることになったとしても、後々まで影で笑われ続けるに違いない。

「……ッ」

しばらく逡巡した末に、月季は唇を噛んで踵《きびす》を返した。

足音も荒く新床に戻り、二枚ある被子《ひし》（掛布団）を一枚奪い取る。わざわざ部屋の隅に置かれていた榻《とう》（長椅子）のところまで行き、ばふっと叩き付けた。

「夜が明けるまで、一歩でも近づいたら容赦はしない」

殺気立った新郎の様子に、本当に殺りかねないとでも思ったのか。

連理は肩を竦め、両手を軽く上げた。

「わかった。先は長い。今夜はおとなしくひとり寝しよう」

月季は舌打ちし、榻に腰を下ろした。固くて狭いが仕方がない。

「なにが今夜は、だ。貴様など廃妃にしてやる！」

低く吐き捨て、いらいらしながら身を横たえる。連理の押し殺した笑い声が腹立たしい。

そもそもこの結婚は、五百年前の醜聞《しゅうぶん》を揉み消そうという天帝の意図から始まった。

あのような事件を起こした後で、天の太子がいつまでも独身でいるのは薄外聞が悪い。結婚し、子供ができれば断袖《だんしゅう》の噂も消えるだろう、と。

そんな父帝の期待に応えるために、月季も努力するつもりでいたのだ。

だが、実際に輿入れしてきた花嫁は、蓋を開けてみたら男だった。

後継を産めない上に、なんの解決にもなっていない。連理は添い遂げるなどとほざいたが、この男と一生をともにするなんて想像しただけでも鳥肌が立つ。

考えれば考えるほど腹が立ってきて、月季はぼそりと吐き捨てた。

「騙るにもほどがある」

「私が女だと誰が言ったのだ」

「……なんだと」

　思わず振り向くと、連理が牀の上で片膝を立ててこちらを見ていた。顎に親指と人差し指を当て、気取った表情で微笑んでいる。

「この顔が、女と見紛うほど美しいことは認めよう。だが少なくとも、私は女だと偽った覚えはない」

　言い方は癪に障るが、言っていることは間違っていない。

　ただ、連理の上官である西王母は絶世の美女で知られ、天界の仙女を統べる最高位の女神として崇敬されている。当然、副官である九天玄女も女だと考えるのが自然ではないか。そう信じて疑わないからこそ、天帝もこの縁談を進めたのだ。

「勝手に周りが誤解したと言いたいのか？　ならば言わせてもらうが、貴様はいったい何千、いや何万年生きてきた？　誤解を解く機会くらい、いくらでもあったはずだ」

「そなたは、自分が男だといちいち宣言して生きているのか？」

「な……っ」

「否定しようがしまいが疑う者は必ずいる。女だと思いたい者には、思わせておけばいいのだ。だれにどう言われようが私は私、本質は変わらない」

「……」

　他者は己が見たいように物事を見て、思いたいように思うものだ。後ろ指を指されながら育った月季も、そのことは身に染みてわかっている。

しかし、それとこれとは話が別だ。

「九天玄女などと紛らわしい……」

「それは俗称であって、私から名乗ったわけではない。そなたと添い遂げる覚悟があるからここにいる。私は、ともに大歳を封印したときとなにも変わっていない」

もはや返事をする気も失せ、月季は被子を引き上げた。連理に背を向け、目を閉じる。

今夜はふたつのことを学んだ。

第一に、榻は足がつっかえて寝にくいことこの上ない。

第二に、名前に女がつくからと言って性別まで女とは限らない。

もっとも、その理屈がまかり通るのなら、西王母だって怪しいものだ。天宮ではだれも本気にしていないが、西王母が両性具有だという噂は昔からある。

——まさか西王母も、九天玄女が男であると知っていて、嫁がせたのではあるまいな？

嫌な汗が噴き出してくる。邪推かもしれないが、ありえない話ではない。

「朗君、眠ったのか？」

「……」

黙っていると、連理はようやく諦めたらしい。

微かな溜息とともに、枕元の灯りが消える。

「おやすみ、郎君」

どこか寂しそうな声音に、胸のあたりがチクリとした。

月季はきつく眉間に皺を寄せる。

酷い目に遭ったのはこちらのほうだ。それなのになぜ、自分が罪悪感を覚えなくてはいけないのか。

——いったい私がなにをした？

本当なら声を大にして糾弾したい。ただ、九天玄女が男だと言ったところで皆が信じるかどうか。

下手に騒ぎ立てれば、また問題を起こしたと父帝に疎まれかねない。

（忌々しい……）

なお悪いことに、この婚姻は天帝から正式に賜ったものであり、自分から離縁を言い出すことはできない。

かといって、このまま済ませられるはずもない。

結局、月季は衾子を固く握り締めたまま、眠れぬ一夜を過ごしたのだった。

華燭《かしょく》の典から一夜明けた翌早朝、月季の姿は宝蔵殿にあった。

まんじりともせずに夜を明かし、金鶏が朝を告げるが早いか、寝殿を抜け出してきたのである。

「こんな馬鹿な話があってたまるか！」

清い身体のままで初夜を過ごした新郎が、袖を振り切って声を荒げる。怒りに呼応するように、剣掛台に飾られた宝剣がカタカタと音を立てた。

武器の収集は、戦神である彼の密かな趣味だ。殿内は神武や霊剣が放つ神気に満ち、たとえ東宮の侍従であっても扉の結界を突破することはできない。

そのような、出入りできる者がごく限られる男の趣味部屋で、月季は朝から荒れていた。

「結婚初日から夫婦喧嘩ですか？　そんなもの、犬どころか貔貅《ピーシゥ》だって食わないですよ」

太師椅《たいしい》に脚を組んで座る美少年が、金の粒丹《りゅうたん》をぽりぽりと食べながら笑った。

太子の御前だというのに偉そうな態度のこの少年は、名を天禄《てんろく》という。

目鼻立ちは小作りで愛らしく、背格好も月季より一回り小さい。灰白色の髪を高い位置で緇撮《しさつ》に結い、すらりとした身体に動きやすい濃紺の衣を纏っている。

ただ、見た目とは裏腹に、実際の年齢は月季よりもかなり上だ。修練を経て、いまは人の姿をしているが、天禄の真の姿は貔貅《ひきゅう》——太古の昔から生きる神獣である。

「夫婦じゃない！　この結婚は無効だ！」

「またまた……悪いご冗談ですよ。天帝の御前で一生の愛を誓っておいて。昨日の今日で離婚が許されるとでも？」

金の粒丹を口に放り込み、天禄は肩を竦めた。

貔貅は金銀財宝、とくに金を好んで食べる。さらには食べた宝物《ほうもつ》によって体毛の色が変わるという特質を持っていて、さきほどからとても眩しい。

昨夜、一睡もできなかった月季は、目の奥の痛みを堪えながら吐き捨てた。

「冗談じゃない、男だったんだぞ！」

こんな情けない話、自身と血の契約を交わした神獣くらいにしか打ち明けられない。

初めて出会った千年前のあの日から、勝手に女だと思い込んでいた自分も悪いが、それにしたって腹の虫がおさまらない。

金の粒丹をゴクンと飲み込み、天禄は満足げにゲップした。

「結婚の目的自体、殿下の足元を固めるためでしょ。お相手の年齢も見た目もどうでもいいって言ってたじゃないですか。性別だって気にしなけりゃいい」

「……太子妃が男だなんて示しがつかない」

「殿下の弟君だって男じゃないですか。でも、魔王太子妃としてみんなに認められてるし、種だって宿せる……」

ぎろりと睨まれた天禄が慌てて口を噤む。

「それ以上、無駄口を叩くなら、尻穴だけでなく口も塞いでやるぞ」

「勘弁してください」

太古の昔、貔貅は宝物を食べすぎて腹を壊し、所かまわず排便したために玉皇大帝の怒りにふれて、肛門を閉じられるという罰を受けた。以来、食べた財宝は排泄されないまま、腹の中に溜まっていく一方である。そんな厚かましい神獣だからこそ、月季への物言いも遠慮がないのだが。

忌々しげに袖を振り抜き、ふと月季は思い至った。

――いや待てよ、種と言ったな?

東宮には継嗣《けいし》を成すという大役がある。あの忌々しい魔族の王子が紅琰と結婚できたのも、紅琰が男神でありながらその身に種を宿せるからだ。でなければ側妃に後継を産ませることとなり、問題はもっとややこしくなっていただろう。

だが、連理は子供を宿せもしないのに、なにを考えて輿入れしてきたのだろう。なにかよからぬ目論見でもあるのだろうか。

(いずれにせよ、子が生まれなければ、そのうち父帝から側妃を勧められるだろう……)

月季はますます陰鬱な顔になった。

妃の役割は夫を支え、後宮の和を保ち、寵愛を受けて子を成すことだ。

ただ、それはあくまでも理想の話で、女が集まれば諍いが起きるのは目に見えている。

母親のことで苦杯を嘗めた月季は、女の嫉妬と策謀に巻き込まれるなど、考えただけで虫唾が走る。

妃妾を増やすくらいなら、もっともらしい理由を付けて正妃を挿げ替えたい。ことを公にして、花嫁が男だと知らずに結婚したと天界中の笑いものになるよりも、連理からいまの地位を剥奪し、冷宮送りにするほうが体面を保てるではないか。

月季は大きく息を吐き、天禄の前で宣言した。

「とにかく、もうあいつには近づかない。子が宿せず、私からも冷遇され続ければ東宮に居づらくなるだろう。些細な罪でも犯した日には、ここから叩き出してやる」

夜の来臨がない妃は、夫に冷遇されているとみなされる。正妃だろうと妾妃だろうと、一人寝の夜が続けば次第に周囲から冷笑を浴び、使用人にさえ軽んじられるようになる。

あわよくばそれに焦って下手を打ち、罪のひとつでも犯してくれれば。

(時機を見て、廃妃を奏上することも……)

月季は踵を返した。

「天禄、東宮妃を部屋から出すなと侍従に伝えろ」

「殿下はどちらへ？」

「洞房の儀の翌朝なのだ。両親にご挨拶せねば」

「殿下、顔を合わせたくないのはわかりますが、ふたり揃って拝謁するのが慣例では……」

「いらぬ。聞かれても拝謁は不要と答えろ」

強い口調で言葉を被せ、天禄を黙らせる。

崑崙は天界の西の果てにあり、そこで長く過ごしてきた連理が、天宮のしきたりに詳しいとは思えない。

「〝尊大な東宮妃は寝過ごして欠席する〟のだ。よいな」

天禄の返事を待たず、月季は姿を消した。

子供っぽい嫌がらせだとわかっている。だが、九天玄女の印象は確実に悪くなるだろう。些細な過ちでも、重なれば天帝とて廃妃もやむなしと納得するはずだ。

「礼はよい」

天帝の声に、月季は顔を上げた。

天帝の住まいである紫微宮《しびきゅう》の大広間。上座には天帝、その隣には現天后である百華仙子《ひゃっかせんし》の姿があった。月季にとっては義母にあたる彼女だが、子供のころから関係は極めて希薄で、正直いまもなにを考えているかわからない。

席を勧められた月季が座るや否や、天帝が怪訝な顔で切り出した。

「玄女娘娘《シェンニュニャンニャン》の姿がないようだが」

挙式の翌朝、花嫁は慣例に従って新郎とともに舅姑《きゅうこ》の居所を訪れる。滞りなく婚姻の儀を済ませた報告と挨拶のためだ。

「まだ休んでおります」

天帝への拝謁をすっぽかせば礼を欠いた行為と非難される。よしんば天帝が許したとしても、同じ妃である姑の目は厳しいものだ。

案の定、天后は蛾眉《がび》を顰めた。

「まぁ……」

紅琰が百華の王なら、その生母は百華の主《あるじ》である。天界の花の女神で、その美しさと品格においては他の追従を許さない。すべての花の精を統括するだけでなく、いまや天后としても妾妃がひしめく後宮を平穏に治めている。

苦言が続くかに思えた矢先、天帝が口を開いた。

「疲れが溜まったのであろう。私たちはもう家族だ。なによりも身体を大事にするように」

「陛下のおっしゃる通りですわ。体調が戻ったら、いつでも会いに来るよう東宮妃に伝えてちょうだい」

天后の表情は一瞬にして柔らかな笑顔に変わり、物わかりの良い姑へと転身した。

「もったいないお言葉、痛み入ります」

丁寧に礼を言いつつも、月季はひどくしらけていた。

（家族、か）

そんな言葉、太子という地位になければ言われることもなかっただろう。

本当の家族と呼べる間柄なのは、天帝と天后と紅琰の三人だけだ。天后は夫と実の息子である紅琰にしか興味はなく、浮気な男《天帝》は寛容な女を愛すると知っている。その証拠に、前正妃の子である自分を虐げることもなく、幼い紅琰が月季を兄と慕う姿を遠くから静観していた。内心は測りかねるが、五百年前の事件についても、面と向かって追及されたことはない。

「失礼いたします。……太子殿下」

天后が、東宮妃に下賜する装飾品を侍女に持ってこさせようとしていたときだった。東宮付きの従者が慌ただしく入ってきて、月季に耳打ちした。閉じ込めてきたはずの九天玄女が紫微宮に向かっているらしい。月季は顔色を変えた。

「拝謁はいらぬと伝えたはずだ」

「玄女娘娘が、『義両親への礼を失するわけにはいかない』と」

月季は心の中で悪態をついた。

天宮の慣習には疎いはずと思っていたが、そうでもなかったようだ。

「どこかで足止めしろ。引き返すように言え」

「とても無理です、無能な私をお許しください……」

従者は困り果てた顔で腰が引けている。九天玄女によほど強く押し切られたようだ。

「どうしたのだ？　東宮妃の具合が悪いのか？」

揉めていることが伝わったのか、呑気に茶を飲んでいた天帝が訊ねる。

まずい。このままでは目論見が外れるどころか、自分が嘘をついたことまで知られてしまう。月季は急いで顔を上げた。

「いいえ。妻の体調が回復したようで、こちらに向かっていると……。ただ、軍営のほうで問題が持ち上がったとの報告があり、私は急ぎ戻らねばなりません。申し訳ありませんが、これにて失礼を」

「そなたも多忙であろう。身体をいとえ」

「は」

月季は従者を連れ、慌ただしく退出した。

連理の一行はもうすぐそこまで迫っている。いまからでも連理を止めるか、それとも口裏を合わせるよう丸め込むか。否、連理も馬鹿ではない。自分が夫になにをされたのか、とっくに気づいているはずだ。

「これは、太子殿下」

「！」

廊下の角を曲がった瞬間、侍女を引き連れた連理と鉢合わせた。従者が慌てて拝謁し、月季は顔をこわばらせて立ち止まる。

「……挨拶は良い」

優雅に拝礼した連理が顔を上げる。

「太子殿下、両陛下へのご挨拶は？」

「もう済ませた」

妻を来させないように画策したことを責める気かと身構える。

だが、連理はすまなそうに眉を撓《しな》らせ、困ったような表情で謝った。

「そうか、遅れて申し訳なかった。昨夜は殿下が激しかったゆえ、今朝はなかなか起きられず、身支度に時間がかかってしまったからな」

「う、……っ」

嘘をつくな――喉まで出かかった言葉を呑み込み、月季は顔を真っ赤にした。

そういうことにしておいてやる、と言われたのだ。

否定すれば、自分が妻に幼稚な嫌がらせをしたと皆に知られることになる。

恥をかかせるつもりが、それを逆手に取られるとは。

「太子殿下はお忙しい。私も両陛下をこれ以上、お待たせするわけにはいかぬゆえ、ここにてお見送りを」

涼しい顔で膝を屈め、連理が前を通り過ぎていく。

「……本気だからな」

すれ違う瞬間、月季は呟いた。

聞こえるか聞こえないかくらいの声だったが、連理は足を止めて振り返った。

「昨夜、そなたに告げたことは本気だと言ったのだ」

みなまで言わずとも、連理には伝わっただろう。

月季は胸を反らし、不敵な笑みを浮かべて連理を見る。

だが、連理は軽く目を細め、再び歩き出した。一貫して顔色ひとつ変えなかった侍女たちが静々と後に続いていく。

「殿下、陛下の前で口裏を合わせてくださるようお伝えしなくて良かったんですか？」

背後で恐々としていた従者が近づいてきて小声で尋ねた。

「フン。あの様子なら、告げ口はしないはずだ」

連理にしても、初夜から夫婦仲がこじれたと周りに知られるのは得策ではない。それに、義両親の前で夫を非難するような物言いをすれば、反感を買うこともわかっているはずだ。

さきほどの天后のように、天宮では空気や会話からいち早く事情を察知し、巧く立ち回れない者に居場所はない。

（むしろ告げ口でもして、天帝の勘気に触れてくれたほうが、廃妃の話も進めやすくなるというもの……）

遠くから、九天玄女の来訪を高らかに告げる声が聞こえてくる。

月季は眉をきつく寄せ、固く握り締めていた手を開いた。掌はしっとりと汗ばみ、食い込んだ爪の跡が痛々しい。

舌打ちし、月季は足音も荒く歩き出した。

宣言した通り、これからは徹底して連理を遠ざけてやろう。


天軍の演習場に、兵士たちの声が響いている。

天禄を連れ、白銀の甲冑に身を包んだ月季は、鍛錬に励む彼らをゆっくりと見回っていた。

「太子殿下が、なんでこんな一兵卒の調練にまで顔を出すんだ?」

「さぁ……」

「滅多にないことだって、隊長も言ってたぞ」

「新婚ホヤホヤなら、他にやることもあるだろうに」

二列に並び、演習場の周りを走りながら新兵たちが首を傾げて囁き合う。まだ軍に入って間もない、若い兵士たちだ。

命知らずなひとりの兵士が、おどけた口調で横から茶化した。

「年上の妃殿下から尻に敷かれて、鬱憤を晴らしに来てるとか?」

黙って聞いていた者たちも思わず吹き出し、どっと笑いが沸き起こる。

足を止めた月季はこめかみをひくつかせ、笑った兵士を次々と指さした。

「そこのおまえ！　そっちのおまえもだ。無駄口を叩く元気があるようだから、あともう二刻は走れるな」

「そ、そんな……」

盛り上がっていた兵士たちが青くなってその場にひれ伏した。許しを乞おうとする彼らを、月季が氷のような目で一瞥する。

「返事は是《はい》のみだ」

「はっ、はい！」

兵士たちが震えあがり、慌てて走り去った。遠ざかる彼らの背を眺め、月季は忌々しげに舌打ちする。

これも戦がない故の平和ボケか。訓練中に雑談など、天兵としての自覚が薄すぎる。しかも軍の総帥たる太子を笑いのネタにするなど、本来なら首が飛んでも文句は言えない。

(だれが尻に敷かれているだと？)

月季は唇を引き結び、眉間の皺を深くする。

事情があるにせよ、表向きは夫婦だ。はっきりとした理由もなく正妃を遠ざければ、太子に非があると捉えられかねない。そこで連理と顔を合わせなくて済むように、わざと忙しくしているのだ。

朝議がある日は朝堂で天帝の補佐を務め、午後は東宮坊で内政にあたる。軍会議や天兵の調練にも顔を出し、そのまま泊まることも多くなった。

そんな生活が長くなるにつれ、月季はあることに気づいた。

——なぜ、この私が逃げ回らなくてはならないのだ？

連理を遠ざけると決めたのは自分だ。だが連理は天后のご機嫌窺いなどをしながら優雅に過ごし、東宮の主である自分が働いて逃げ回っているなんて、どう考えてもおかしい。これではまるで、自分が連理を怖れているようではないか。

（そんなわけがあるか……！）

か弱い女なら簡単だった。寝所に召してなにもせず、早々に帰すだけでいい。翌日には噂が広まり、外を歩けないほどの恥をかかせられる。だが、あの面の皮の厚い偉丈夫に同じことをしても効果は期待できまい。万が一、返り討ちにでもあったら……。

「……靠《クソが》！」

ピリピリしている月季に、将軍《ジャンジュン》が背後から恐る恐る声をかけた。

「殿下、ここはもう……どうか天幕の中でお休みください」

「いや、結構だ。戦がないからといって弛み過ぎではないか。天兵がこのような有様では有事の際になんとする」

「は……、不徳の致すところです」

鍛錬の掛け声が響く中、将軍は冷や汗を浮かべながら頭を下げるしかない。

そこに、急報を告げる伝令兵の声が響き渡った。

「将軍、人界から妖獣討伐の依頼が……あ！」

月季の姿に気づき、伝令の兵士が慌てて拝礼する。

「構わぬ、申せ」

「は。羭次山《ゆじさん》の北部に橐蜚《たくひ》が現れ、禍《わざわい》を起こしているので討伐してほしいと」

「橐蜚だと？　まだ冬には早いだろう」

橐蜚は人の顔を持つ一本足の怪鳥だ。夏の間はどこへともなく姿を隠し、冬になると出てくる。見た目こそ不気味だが、人畜に害を及ぼすような悪獣の類ではない。

「それが、どうも変種のようで、図体もかなり大きいと」

山に入る人間を襲い、その辺一帯を脅《おびや》かしているという。

月季は首を傾げたが、すぐに頷いた。羭次山は人界の果てにあり、いまから討伐に向かえば戻ってくるのは夜になるだろう。だが、任務ならそれも致し方なしだ。

「わかった。討伐には私が向かう」

「太子殿下御自らですか？」

将軍が戸惑いながら月季の顔を見る。

調練はまだしも、この程度の妖獣の討伐を天軍の総帥自ら買って出るなど前代未聞だ。そう言いたいのだろう。

月季はふんと鼻で笑い、背後に従えていた天禄に視線を投げた。

「私とて安穏と過ごしていると腕がなまる。天禄！」

「はいはい、ここにいますよっと」

呼ばれた天禄が、猫のように伸びをする。肩甲骨のあたりにぴょこんとついている一対の小さな翼がみるみる大きく広がり、やがて獅子に似た本来の神獣の姿へと変わった。一声咆哮するだけで、周辺がびりびりと震え、灰色の毛並みが波立つ。

月季はひらりと跳躍し、天禄の背中に飛び乗った。

頭と首が龍、胴体は馬、麒麟の脚を持つ貔貅は、背中に生えた翼で空を飛ぶことができる。雄の成獣である天禄は体格もよく、背中に成人男性を二、三人は乗せられるほど力強い。月季の左手から霊力が湧き出し、実体化した轡《くつわ》と手綱《たづな》が貔貅の身体に装着される。

「殿下、私もお供いたします」

慌てて駆け寄った将軍には見向きもせず、月季は一纏めにした手綱を引いた。

「いらぬ、私ひとりで十分だ。あとを頼む」

言い終わる前に天禄が翼を広げた。羽ばたくと同時に突風が起こり、身体が浮き上がる。

兵士たちが再び顔を上げたとき、彼らの姿はすでに天空へと消えた後だった。

深夜、羭次山の妖獣討伐から戻った月季は、久しぶりに東宮に帰った。

湯を用意させている間、侍従にそれとなく訊ねると、連理はもう先に休んでいるという。月季は安堵し、身体を清めるために浴場に向かった。

東宮には太子専用の湯殿があり、満月形の大きな浴槽を備えている。久々にゆっくりと湯に浸かることができそうだ。

「……ん？」

揚間《あがりま》の奥で、上衣を脱ぎ落としたときだった。

はらりとなにかが足元に落ち、気づいた侍女がすぐに拾い上げる。両掌に乗せられたものに視線を向けると、それは一枚の鳥の尾羽だった。

「珍しい鳥の羽根ですね」

「今日、橐蜚を斬り捨てたとき、袖の中に紛れ込んだのだろう」

猫頭鷹《ふくろう》にも似た奇妙な姿を思い出しながら、月季は羽柄《はがら》を摘んだ。羽軸《うじく》は太く固く、羽弁の先にかけて緋色から翡翠色へと変わっていく縞模様が美しい。

「あの……九天玄女娘娘がご覧になったら喜ばれるかと」

おずおずと侍女が言う。

そういえば、花嫁衣裳の装飾品や扇には孔雀や鳳凰の羽根が使われていた。九天玄女の騎獣も深紅の鳳凰だから、よほど鳥が好きなのだろう。

「いや、いい」

いずれ廃する予定の妃だ。羽根一枚も与えたくない。

月季はなんでも無限に収納できる乾坤袋《けんこんぶくろ》を引っ張り出した。袋の口を開け、羽根を吸い込ませ、侍女のひとりが捧げ持っていた衣裳盆に置く。

「あとはよい。みな、下がれ」

沐浴の世話を担う侍女たちを全員下がらせ、月季は湯浴衣を羽織ると浴場に入った。長い髪を解き、湯浴衣を脱ぎ落として返り血や汚れを洗い流す。

自宅の風呂が一番寛げるというのはなにも人に限ったことではない。

湯気が立ち込める中、月季は一糸纏わぬ身体を湯に沈めた。湯面に浮かぶ花弁を掻き分けて中央を横切り、泳ぐように奥へと進む。

水深の浅くなっている石段の上に座り、月季は溜息をついた。

「ふ……」

玉石の浴槽に背を預け、目を閉じる。

透き通るような白膚が温められ、やがてほんのりと淡紅色に染まっていく。

すぐに、目蓋が重くなってきた。いけない、と思いつつも睡魔に絡め捕られる。薬草と花の香りに包まれ、その心地良さから逃れられない。

白い湯気に意識が蕩ける。

どれほどの間、眠っていたのだろう。

はっと目を開けると、月季は褥の上にいた。

自身の寝殿ではない。揺れる蝋燭の火がぼんやりと枕元を照らしている。架子牀《かししょう》を囲う床帷の向こうに人影が見え、月季は起き上がろうとした。

「！」

しかし身体が動かない。嫌な予感に冷や汗が噴き出してくる。

正確には、首から下がびくともしないのだ。おそらく、何某かの術をかけられている。

「風呂で熟睡とは感心しない」

気配を感じ取ったのか、するりと床帷が開いた。

嫌な予感が的中し、初夜以来ずっと避けていた相手が灯りの中に姿を現す。

動揺を悟られまいと、月季は目に力を込めた。

「貴様、なにをした」

「そんな目で見るな。暴れぬように、軽く桎梏《しっこく》術をかけただけだ。風呂で寝落ちたそなたを、私が抱いて運んでやったのだぞ」

「な……っ」

反射的に視線を下に向ける。

濡れた髪は乾かされ、きれいに整えられていた。だが首から下は、申し訳程度に白い湯浴衣一枚を羽織っただけの無様な姿だ。

「……なぜ起こさなかった……」

屈辱に身体が震える。

こんな格好で寝所まで運ばれたのか。しかも、東宮妃に抱き上げられて。

「無防備に眠っていたから、起こすのも可哀そうでな」

「そういうときこそ霊力を使えばよいではないか！」

目を覚まさなかった自分も自分だが、いったいどれだけの使用人に見られたのだろうと思うと眩暈《めまい》がする。自らを妻と言い張るくせに、夫の面子のことは考えなかったのか。

——否、わざわざ問い詰めるまでもない。

月季のこれまでの仕打ちにことよせて、わざと恥をかかせたのだ。

「とっとと術を解け！」

「シー……真夜中に騒ぐでない」

いくら叫ぼうが意に介さず、連理は傍らに腰を下ろした。楽しげな表情で腕を伸ばし、白い湯浴衣の腰紐をゆっくりと解いていく。

早く逃げなければ、まずい。

月季は気海丹田《きかいたんでん》に力を籠め、桎梏術を解こうと躍起になる。

「やめろ……！」

薄暗い閨に衣擦れの音が続き、焦りを加速させる。

不幸なことに、連理は方術の泰斗《たいと》であり、数千年分積み上げた戦神の修為をもってしても簡単には破れない。霊力を集めようとしてもすぐに分散してしまい、焦りだけが募る。

その間に湯浴衣を大きくはだけられ、月季は頬を紅潮させた。

露わになった太腿に、ツツ……と細い指先が走る。色欲を掻き立てる触れ方に、鳥肌が止まらない。羞恥と恐怖の狭間で、月季は思わず叫んだ。

「無礼者っ」

「無礼なのはどちらだ」

「あ？」

連理は剥き出しになった下肢《かし》から手を引き、ゆっくりと体勢を変える。

「安心せよ。そなたの脅しも子供じみた悪戯も、仕返しするほどのことではない。上帝陛下も天后娘娘《ティエンホウ》も、私に息子を頼むと仰った。……しかし」

肩の横に片手をつき、彼は月季の顔を覗き込んだ。高い位置でひとつに結われた長い髪が、まるで長尾鶏の尾羽のように褥に散らばる。

「新婚なのに連日連夜、妻を独り寝させるとはいかがなものか。たまに帰った時くらい、共寝するのが礼儀であろう」

「だれが貴様と、共寝など……っ」

目に力を籠め、白皙の美貌を睨み付ける。

だが息がかかるほどの距離で、連理は声もなく笑った。怒っている様子はない。むしろ、どこか子供をなだめるような余裕さえある。それがまた月季の苛立ちを煽る。

「するしないは別として、東宮にさえ寄り付かないのは感心しない。私はそなたの訪れを毎日毎晩待っていたのに、つれないにもほどがある」

恨み言を囁きながら、連理は音を立てて月季の唇を啄んだ。ぎょっと硬直する月季に微笑みかけ、もう一度口接けようと顔を近づけてくる。

「なにをする……っ」

接吻を拒み、首を捻じ曲げて顔を背ける。

――意味のない行為などごめんだ。

相手が女ならば、子を作るためと割り切って受け入れもしよう。だが、好きでもない男と情を交わす趣味はない。連理は廃妃を避けようと既成事実を作りに来たのだろうが、無理やり乗っかられるくらいなら、柱に頭をぶつけて死んだほうがマシだ。

月季の頑なな態度に、連理が笑いながら身体を起こした。

「接吻は初めてか。ならばこれくらいにしておこう」

「な……」

赤くなったり青くなったりと顔色が忙しい。

この歳まで、天宮で過ちを犯さぬよう、薄氷を踏む思いで過ごしてきた。貞潔を守ることもそのひとつだ。なのにいま、初心《うぶ》さを揶揄《からか》われたように感じてしまい、羞恥心が込み上げた。

「緊張するな。そなたは寝ているだけでよい」

「あ……？」

連理は沓《くつ》を脱いで牀に上がり、大の字に開かれた月季の脚の間に陣取った。

気位の高い月季は、湯浴みを世話する侍女にさえ、肌を見せることをよしとしない。

それなのに、連理は煌々と灯りをつけたまま、無遠慮に月季の裸体を眺めた。

「郎君は、なかなかいい身体をしているな」

舐めるような視線を感じ、不覚にも顔が熱くなる。恥ずかしがっていると思われたくなくて、咄嗟に憎まれ口を叩こうとしたが、できなかった。

連理の手が下腹部を撫で、性器に触れたからだ。

「！」

冷たい夜気に晒され、縮こまったモノの根元を指先でぐるりとなぞられる。

接吻も初めてなら、赤の他人にそんなところを触られるのも初めてだ。

腹にぐっと力を入れ、月季は冷めた眼差しで連理を見据えた。

「意味のないことはよせ」

「おかしなことを。我らは天に認められた夫婦だ。私にもそなたの身体を可愛がる権利がある」

「形だけだ！　おまえなどすぐに廃妃……う！」

長い指と掌に陽物《ようぶつ》を包み込まれる。弾力のある先端を指先で弄ばれ、ゆるゆると扱かれた。包皮が捲れ上がった亀頭部は敏感すぎて、無暗に擦られると痛みすら感じる。

「疼《いた》……っ」

思わず声を上げると、わずかに力が緩んだ。

手の中のモノを緩やかに握ったまま、連理が顔を覗き込んでくる。

「痛い？　……もしや、朗君は慣れていないのか？　こういった行為に？」

月季の頬にカッと朱《しゅ》が散る。

玉体の中でも性器《そこ》は特に神聖な場所であり、湯浴み以外でみだりに触れてはならない。その教えを月季は真面目に守ってきた。あれほど執着した異母弟に対してさえ、禁を犯したことはない。

「……答える義理はない……っ」

幼いころから修練に明け暮れ、血の滲むような努力の末に戦神の座を勝ち取った。いまや天界屈指の武芸の腕を誇る月季だが、それでもなお九天玄女の術には太刀打ちできない。

「クソ……！　やめろ……っ」

先に寝《やす》んだと聞いて油断していた。

連理の術中にまんまと嵌まった自分を呪ってももう遅い。

「郎君、もっと色っぽいことを言ったらどうだ」

月季の下肢に身を伏せ、連理がちらと視線を投げる。

身体が自由になったら、拳の一発や二発ではすまさない。月季はきりきりと奥歯を噛み締め、声を荒げた。

「誰が……！」

「太子なら、閨での作法くらい知っていよう」

連理が性器の根元を指で支え、片側の髪を耳にかけながら月季を見上げる。

たしかに、実際にしたことはなくても、まったくの無知というわけではない。生殖のための性愛秘技なら、月季も一通りの教育は受けている。だが、身体の快楽を求めるだけの行為は、性道徳に悖《もと》る。

指で陽物を弄びながら、連理がゆっくりと顔を近づけていく。薄赤い唇から目が離せない。未知の行為への恐怖に、月季はとうとう震えを隠すことができなくなった。

「ふ……ふざけるな……っ、恥を知れ……っ！」

悲鳴じみた制止も虚しく、性器が口腔内に呑み込まれる。

温かく濡れた粘膜に押し包まれ、月季は激しく首を振った。舌が巻き付き、ぬるぬると己の陽物を扱き上げている。強い刺激に下腹部が痙攣し、全身から力が抜けてしまう。

「やめろ……っやめろと言ってるのが聞こえないのか、……連理！」

初めて味わう口淫は、快感よりも恐怖と羞恥のほうが勝っていた。顔を見られたくないのに、腕一本持ちあがらない。

じゅ、と音を立てて根元まで咥え込まれる。だが、いくら舐めしゃぶられようとも陽物は萎えたまま、勃つ兆しはない。焦れたように、真珠色の美しい歯が月季のモノを軽く食む。

「いっ」

「私はとっくにその気なのに。これでは妻を満足させられぬぞ？」

くったりと項垂《うなだ》れた陽物を口から出し、連理は悪戯っぽく微笑んだ。だが、その手は絶え間なく月季の陽物を扱き上げている。

だが月季にしてみれば、強引に身体を暴かれて、その気になれるはずもない。意地でも反応してやるものかと、月季は歯軋りしながら必死に耐えた。思いつく限りの悪口を浴びせかける。

「この、卑怯者っ……下衆野郎っ……色魔……っ」

罵られようが嫌がられようが、連理はすべて聞き流すと決めたらしい。

勝手に納得したような顔をすると、今度は月季の片膝をすくいあげ、肩にかけた。敷布の上に片手をつき、ぐっと距離を縮められる。秘所が丸見えの体勢に、月季は目を白黒させた。

「なにをする……！」

こんな格好でなにをされるのか、想像もつかない。だが、どうせろくでもないことなのは確かだ。蝋燭の灯りが映り込む黒い瞳が不安に揺れる。

「吸精引気の術を施しても玉茎不起《ぎょっけい》とくれば……、奥の手を使うしかないな」

連理はおもむろに袖の中から小瓶を取り出し、親指で器用に蓋を開けた。途端に甘い香りが広がり、中身が香油だと知れる。連理は小瓶を傾けると、沿わせた指に香油をたっぷりと纏わせた。

青ざめた月季の顔を見下ろしながら、その指を足の間に這い込ませる。

「あ！」

あらぬ場所に触れられて、引き締まった脚に力が入った。

香油のぬめりを借りながら、連理の細い指がそこをほぐしにかかる。動かすことのできない身体に、うっすらと冷や汗が滲む。

「う、……っ」

神仙の身体の造りは、人間の肉体とほぼ同じだ。心臓や血液のみならず、男神ならば胃袋から結腸に至るまで、すべての臓器が揃っている。ただ、使われない臓器は退化しており、当然ながら排泄のない神仙のその場所は狭く、固い。

連理は、そのごく狭い孔をこじ開け、中へと入ってこようとしているのだ。

「い、いやだ、やめろ……っ」

侵入を拒み、下肢に力を入れる。だが先刻、霊力を消耗したせいで長くはもたない。力尽きた一瞬の隙をついて、指が中に入ってくる。

みちみちと隘路《あいろ》に指を通されていく感覚は筆舌に尽くしがたい。月季は首を振り、目尻に涙を滲ませた。だが巧みな指使いで掻き回され、開通させられてしまう。

「痛くないはずだ。私は巧いからな、すぐに悦《よ》くなる」

そんな場所を弄り回されて気持ちいいわけがない。そう思うのに、だんだんと身体が熱を帯びてくる。

自身は相変わらず芯を持っていないのに、弄られている腹の奥から、焦燥にも似た感覚が込み上げてくる。

月季は顔を横に倒し、枕を噛んだ。そうでもしなければ、とても正気を保っていられない。裂けそうな眦《まなじり》に涙が浮かぶ。

——いっそ、殺してくれ。

ぐちゅ、と音を立てて奥を抉《えぐ》られ、全身が戦慄《わなな》いた。枕を噛んでいた口が開く。

「っや、やめろ、頼むから、やめてくれ……！」

奥を弄りながら、連理が視線を上げた。とぼけた口調で言う。

「そなたの言うことばかりを聞くのは不公平ではないか？」

もはや恥も外聞もない。

限界まで追い詰められ、月季はとうとう折れた。

「わかった……っ、わかったから……！　今後はきちんと東宮に帰る……！」

「約束だぞ？」

連理はしてやったりの笑みを浮かべ、月季の下腹部に顔を伏せた。

やめると言ったのに、指は抜かないまま、柔らかな陽物を口に含まれる。先端を強く吸引されながら、指で奥を刺激された。太腿の内側が痛いほど引き攣り、ガクガクと腰が震える。

「あ、あ……っ」

月季は小さく口を開け、枕の上で顎を反らした。

（どうして……）

勃ってもいないのに、射精感だけが込み上げてくる。どうにか耐えようとするが、自分ではどうしようもない。連理の口の中に、どっと精を吐き出してしまう。

まるで粗相したような恥ずかしさに、目の前が真っ赤になった。もし月季が人間だったら、屈辱と羞恥のあまり血を吐いて死んでいたに違いない。

連理は精を口で受け止めると、喉を上下させて飲み干した。脱力したままのモノを口から出し、赤い舌で唇をぺろりと舐める。

激しく息を喘がせながら、月季は信じられない目でそれを見つめた。一方的に辱《はずかし》めを受けた挙句、言質まで取られた。これ以上の屈辱があるだろうか。

「無駄射ちしていないようだが……できれば定期的に出したほうがいい」

「余計なお世話だっ」

連理は親指で唇を拭い、静かに月季の身体の上から退いた。

牀の端に浅く腰かけ、終始柔らかいままだったモノを、どこか腑に落ちない目で眺める。

無理やり果てさせてもなお不本意だと言わんばかりの目だ。

「不能というわけではないのに、なぜ勃たないのだ」

情痴の限りを尽くした上、さらに追い討ちをかけるつもりか。

月季は怒りと恥辱に震えながら吐き捨てた。

「相手が貴様だからだろうが……！」

「ほぅ」

「！」

連理が面白がるように指先で顎を撫でる。

月季は奥歯を噛み締め、血走った目で男を見上げた。

「たとえ死んでも、おまえだけは抱かない……！」

罵詈《ばり》をものともせず、連理が手を伸ばしてきた。汗で張り付いた髪をよけようと額に触れる。だが月季は激しく顔を背け、それを拒んだ。

「そうか。では、ひとつ教えてほしい」

連理は苦笑いし、代わりに月季の湯浴衣を元通りに整えながら言葉を続ける。

「弟君と私のなにが違う？」

「なにを言っている……」

反論しかけて、月季はふと口籠もった。

紅琰と連理。

年齢も顔立ちもまるきり異なるふたりだが、言われてみればたしかに共通項はある。性別はいわずもがな、鷹揚な性格も、すらりとした背恰好から強くて美しいところも。

戸惑いを見透かしたように連理が畳みかけた。

「私はそなたを愛している。それでもまだ、弟君の方がいい、と？」

月季の切れ長の目が大きく見開かれた。

『兄上の情は愛ではない』

紅琰の声とともに、強く抑え込んできた思い出が次々と浮上してくる。そして最後に浮かんだのは、あの男の傍で幸せそうに笑う紅琰の姿――美しいあの笑顔が最後に自分に向けられたのはいつだったか。

「……おまえに、なにがわかる……」

かろうじて言い返す声が、か細く震える。

好きだった。ずっと傍に置きたかった。

孤立無援の天界で、子供のころから唯一自分を慕ってくれた紅琰。孤独を癒してくれる存在は、紅琰以外にはいなかった。

だからこそ、自ら太子の座を譲ることで、自分から離れていこうとする弟に、憎しみを覚えるほど執着したのだ。

どれだけ浮名を流そうとも、紅琰が誰かひとりのものにならなければ構わない。なにかあったときには必ず天界へと帰って来るのだから――そう自分に言い聞かせ、常に行動を看視した。ときには動けなくなる程度に毒を盛り、刺客に襲わせて連れ戻したこともある。自由奔放に生きていても皆から愛される弟を、羨んだことがないと言えば嘘になる。だがそれ以上に、手放したくなかったのだ。

性別も、実の弟だということも関係ない。むしろ血を分けた兄弟だからこそ、すべてを分かち合える。自分だけが、そう思い込んでいた。

いまだ癒えない心の傷が、またじくじくと痛み始める。

「……なにも知らないくせに……」

顔を背けた月季の目尻から一筋の涙が滑り落ちる。

紅琰は、こんな自分を赦しはしても、愛してはくれなかった。当然だ。父にも、母にも愛されなかった。赤の他人ならなおのこと、愛されるわけがない。

「いまのは失言だった。私の過ちだ」

月季の涙を見た連理が慌てて術を解き、謝罪の言葉を口にする。

「…………」

差し出された手を振り払い、月季はゆらりと起き上がった。

無言のまま、素足を床に下ろし、立ち上がる。着崩れた湯浴衣のまま、裾を引きずりながら部屋を出ていく。

すぐに連理が追ってきたが、袖を掴まれる寸前に、月季は術で姿を消した。

「郎君……」

静かな寝殿に、やるせない溜息が響く。

長春宮《ちょうしゅんきゅう》。

それは月季が太子に封じられる前まで住んでいた宮殿だ。

天帝の住まう紫微垣《えん》からはかなり離れた場所にあり、特段広くも華美でもない。そのぶん閑静で、美しい庭園には四季を通じて月月紅《げつげつこう》が咲いていた。

しかしいま、住む者も手入れする者もいない宮殿の園庭はひどく荒れ、門や扉には蜘蛛の巣が張っている。植えられた花樹はことごとく枯れ、見る影もない。

月季が空間を飛び越えて降り立ったのは、まさにその長春宮の庭園だった。

「……」

後れ毛が濡れた頬に張り付き、震える吐息が夜気に溶ける。

主なき廃殿に、わざわざ近づくものはいない。

月季は暗闇に潜む手負いの獣《けもの》のように、しばらくじっとしていた。連理の指を掠めた袖が夜風にはためく。

『私はそなたを愛している』

月季の口許に、自虐的な笑みが浮かぶ。

――なにが、愛だ。

紅琰に長く抱いてきた想いですら、愛ではなかった。

ならば、なにが愛だと？

知らない。わからない。自分は愛されてこなかった。

『太子殿下が、あのような事件を起こすのも頷けよう』

『まともに愛されてこなかったのだからな』

憫笑《びんしょう》まじりに囁かれる中傷を、この五百年もの間に幾度、聞き流してきたことか。

月季は、枯れた薔薇に視線を落とした。庚申薔薇《こうしんばら》は、亡き母が好んだ花だ。

静まり返った夜の庭に、低い声が響く。

「——ははうえ」

罪を得た母は、宗廟《そうびょう》に祀るどころか位牌もなく、死を悼むことさえ許されない。月季にできたのは、自身の宮殿の庭に、母が愛した花を植えることくらいだった。

素足のまま、月季は枯れた薔薇の木に近づいていく。袖から伸びた手に、音もなく白銀の剣が召喚された。灯りひとつない闇の中に、輝かしい軒轅の星が浮かび上がる。

月季は剣を振り上げ、空を切った。

薔薇の木々が一瞬にして断ち切られ、風圧でわくら葉が舞い上がる。枯れて変色した枝葉も次の一刀で粉々に引き裂かれ、土くれへと変わった。

月季は裸足のまま髪を振り乱し、一心不乱に枯れ木を切り刻み続ける。もし、いまの姿を見た者がいるとしたら、間違いなく太子が乱心したと思うだろう。

息を乱し、月季は膝をついた。地面に剣を突き刺し、片手で口を押さえる。細い指の隙間から、声にならない慟哭が溢れ出る。

「――嬉しいでしょう、母上……」

月季の母は、寵愛なき正妃だった。

天宮で大罪を犯せば連座する。事が表沙汰になったとき、母が身を投げ打って命乞いをしなければ、月季も間違いなく道連れになっていただろう。

ただ、生き延びたからといって、月季が幸せだったわけではない。事件を思い出させる存在として、父帝には永く遠ざけられ、どれほどの苦汁を味わったか。

労いの言葉ひとつ掛けられなくてもひとり修練に励み、紅琰を産んだ側妃が立后された後は義母として礼を尽くした。

太子に柵立《さくりつ》されたことで母の悲願は報われたが、月季の渇きはいまだ癒えない。

結局のところ、自分は母の駒に過ぎなかったのだ。

寵を争い、嫉妬と陰謀が渦巻き、他者を陥れることさえ厭わない後宮で、勝者となるための駒。寵を失った身でも、我が子が太子に封じられれば見下されずに済むのだから。

そして母は、愛していたはずの父に処刑された。

喉を大きく上下させ、月季は感情を呑み込む。

――なにも、知らないくせに。

連理も同じだ。

強引に共寝を迫るのは、太子妃という地位に執着しているからだろう。孕めもしない男の身でも、既成事実ができてしまえば、ほだされるとでも思ったか。大昔に一度、任務をともにしただけで、まともに話したこともない自分を「愛している」などと、舌三寸にもほどがある。

柄を握り締め、月季は空を仰いだ。

昔からそうしてきたように、剣を支えに立ち上がる。

そうだ。なにも、わかっていない。

みな、勘違いしている。

本当の自分は、太子の地位を欲してなどいなかった。実の弟でさえ、そのせいで月季から憎まれたと思い違えている。

太子の座を兄に譲ったと、みなが紅琰を褒めそやす。天帝が兄弟愛に感動し、月季を太子に封じた話は、いまだに美談として語り継がれているほどだ。

けれど、月季は一度として、そんなものを手に入れたいと願ったことはない。

自分が欲しかったのは、ただ、欲しかったものは……。

【二】 連理、神算

なぜ、あんな聞き方をしてしまったのだろう。

東宮を飛び出した月季を探しながら、連理はひどく後悔していた。

月季の中で、異母弟とのことはすでに昇華されていると思っていた。しかし、だからといって口にすべきことではなかった。

——どれだけ拒絶されても、私はそなたを愛している。

そう伝えたかっただけなのに、余計なことを言ってしまった。

許してもらえるよう、信実をもって謝らなければ。

空間を飛び越え、連理が降り立った場所は、月季の起居する殿舎の門前だった。

太子の眠りを護るように、寝所の扉前には天禄が丸くなって眠っている。立派な龍の髭もだらりと垂れ下がり、神獣らしい威厳もない。

「そこの貔貅」

「……んあ？」

呼ばれた天禄が寝ぼけ眼で頭を擡《もた》げる。

「天禄と言ったか、起こしてすまない。郎…、太子殿下は戻っているか」

天禄は首を振り、大きく伸びをした。いつもの人の姿に戻り、眠そうな目を擦りながら、そういえばと顔を上げる。

「湯殿に行ったきり帰ってないですよ。いまごろ、ふやけてるんじゃ……」

「私が連れ出したからそれはない。ただ、少し行き違いがあって、出て行ってしまったのだ。居場所に心当たりはあるか？」

「ああ、そうだったんですね。なるほど、……ふぅん……」

天禄は首を傾げ、意味ありげな笑みを浮かべて連理を見た。いまの言葉だけで、ふたりの間に何かあったことを察したのだろう。東宮に常駐し、太子の護衛役をも兼ねる天禄は、月季の性格や行動の癖を熟知している。

「もちろん、ただで教えろとは言わない」

連理は袖に手を入れ、琅玕《ろうかん》翡翠の腕輪と上質の羊脂白玉で作られた笄《こうがい》を取り出した。どちらも値がつけられないほど高価な珠宝だ。目にした瞬間、天禄がごくりと唾を飲み込む。

「太子殿下が機嫌の悪いときに行くところといえば、宝蔵殿ですかね」

「宝蔵殿？　殿下が集めた神武が収蔵されているという殿舎か」

月季がかなりの武器収集家だということはよく知られている。こと剣に関しては相当の目利きらしい。やはり戦神としての血が騒ぐのだろう。

「はい。あそこは結界が厳重で、殿下以外ほぼ誰も入れないし、中でどれだけ悪態をついても音が外に漏れないから」

餌を前にした犬が尻尾を振るように、神獣はあっけなく主の秘密をばらした。

どうやら、月季はだれも見ていないところで鬱憤を発散する癖があるらしい。それにしても厳重に結界を張った中で悪態をつくとは、どれほど気位が高いのか。

連理は笑いをこらえながら「なるほど」と相槌を打った。

「俺も太子殿下と一緒じゃないと入れないけど……宝蔵殿の前までならお供できますよ」

「では、案内を頼む」

連理が差し出したお宝を、天禄は美味そうにまる飲みした。結われた髪がみるみると食べたばかりの翡翠の色に染まっていき、全身に宝気が満ちる。

「さ、俺の背にどうぞ」

「いいのか？　そなたは太子殿下の騎獣だろう」

「あなたは特別です」

貔貅は一頭で百万の精鋭軍に相当する力を持ち、非常時には軍用神獣として天軍に従軍する。戦がないいまは月季の騎獣として使われているが、忠誠心から主以外を乗せることは滅多にない。そんな貔貅が進んで乗せてくれようと言うのだ。

厚意に甘え、ひらりと背に跨ると、天禄は軽やかに飛び立った。

「ところで、天禄の名は誰が付けたのだ？」

空を駆ける中、ふと訊ねる。

「太子殿下に決まってるじゃないですか。もう一頭いたら百解《バイジェ》って名前ですよ、きっと」

「一理ある」

連理は笑い、天禄も笑った。

天禄も百解も、貔貅の人界での別名だ。

おそらく、月季はあれこれ考えるのが面倒だったのだろう。おまけに几帳面で、他人からの評価を気にする質ときている。変に高踏的な名づけをして、他者からとやかく言われるのが嫌だったに違いない。

「まぁ、俺にとって重要なのは、あの方が名前をくれたってことだけなんで。あ、着きましたよ」

天禄はゆっくりと宝蔵殿の前に降りると、連理を背中から降ろし、人型に戻った。ふたりは柱の影で近衛《このえ》兵の巡回をやり過ごし、足音を忍ばせて殿堂に近づく。

（これは……）

透き通った霊力の膜が建物全体を覆っていた。燈明《とうみょう》の代わりに霊灯が燃え、装飾が施された荘厳な扉を明々《あかあか》と照らしている。掖庭《えきてい》の殿閣の中でも、これほど強固な結界は見たことがない。

「言ったとおりでしょ？」

「そのようだな。だが、私なら入れる」

連理は建物全体を覆う見えない膜に触れた。破壊してしまうと、後から張り直すのは容易ではない。掌に霊力を凝集させ、氷を解かすように結界に穴をあけていく。

やがて人ひとり通れそうなほどの穴をあけると、連理は振り返った。

「行こうか」

天禄は、まさか本当に入れるとは思っていなかったらしい。霊力で金の錠を外し、扉を開く連理をただぽかんと口を開けて見ている。

「泥棒の才能がありますよ」

「人聞きの悪い。それより、近くに太子殿下の気配は感じられないが……」

「入って探してみましょうよ、隅っこで膝を抱えてるかも」

「つまみ食いは禁止だぞ」

天禄はへへ、と笑い、人懐こく後をついてくる。調子のいい獣だ。

足を踏み入れた連理がパチッと指を鳴らすと、一瞬で室内のすべての燭台に火が灯った。柔らかな灯りの中に、荘厳な神気を放つ宝物の数々が浮かび上がる。

厳重な結界の意味を即座に理解し、連理は目を眇《すが》めた。

ここに納められている神器や宝剣は意志を持ち、自ら主を選ぶようなものばかりだ。修為が低い者がうっかり触れようとすれば、怪我どころでは済まないだろう。

「郎君は……やはり、来ていないようだな」

――どこかで泣いていなければいいのだが。

連理は小さく溜息をつき、神々しいばかりの宝気に満ちた室内を見回した。

剣掛台や飾り棚に並んでいるのは、図録や噂で知ってはいても、実際に目にしたことのない神武たちだ。柄鞘《つかざや》に埋め込まれた霊石や金銀の装飾がきらめき、並の者では触れることすらできない霊性が宿っている。

「郎君の趣味は実益を兼ねているのか。含光《がんこう》と承影《しょうえい》までもがここにあるとは」

「見えるんですか？」

「ああ」

三連の刀壁掛けの前に立ち、連理はしばし見入る。

月季が佩《は》く軒轅剣も他に類を見ないほどの宝剣だが、幻の剣と言うなら、まさにこの殷《いん》帝《てい》の三宝剣のことだろう。

最上段に掛けられた含光は、剣身に触れることはおろか見ることさえできず、斬った側もどこを斬ったかわからない。斬られたほうも永久に斬られた事実に気づかない、という不思議な剣だ。

二段目に掛けられた承影は、明け方や夕暮れどきに、北に向かってよく見れば存在を確認できるが、その形までは視認できない。剣がなにかに触れると僅かに音がするものの、斬られた相手は痛みに気づかないという。

だが、最後の一剣である、宵練《しょうれん》が飾られるはずの三段目は空いている。

まだ手に入れていないのか、あるいは所在を確認できていないのかもしれない。席を空けてあるということは、いずれここに納めるつもりでいるということだろう。

「宵練は永く行方知れずで、この世のどこにあるのか、本当に存在するのかもわからないと聞いている」

「その通りです。太子殿下は、ここにないその一剣だけが自分を殺すことができる、と仰ってました」

「大胆な獣だな。主の命に関わる秘密を口にするなんて」

髪を揺らし、連理が振り返る。その一瞬で、手には佩剣が召喚されていた。鋭く光る剣鋒が、天禄の喉元に突きつけられている。

「あなたが東宮妃で、九天玄女だから教えたんです」

金色に光る神獣の瞳が、まっすぐに連理を見つめる。

神は不老だが不死ではない。生命の神髄たる元神《げんしん》が消滅すれば、転生もできず事実上の死を迎える。ただ、自身の元神を消滅させる方法は個々それぞれだ。打ち明けるとしたらそれは殺されても構わない相手か、もしくは絶対に自分を裏切らない、血の契約を交わした相手くらいのものだろう。

切っ先を喉に突きつけられたまま、天禄は言葉を継いだ。

「俺は太子殿下を護る神獣です。いまは血の契約で結ばれていますが、永久に側にいられるわけではありません。貔貅だって寿命がありますからね」

「あと数千年は生きるだろう」

天禄は否定も肯定もせず、悪戯っぽい目で連理を見た。

神獣の寿命は長い。だが、月季とは比べるべくもないことを、天禄は知っているのだ。

「九天玄女は神格が高くてすごく強いってみんなが言ってます。俺は千里眼でもないし、神様《カミサマ》の事情もわからないけど、あなたが太子殿下を裏切らないことだけはわかる。本当は殿下の口からあなたに伝えるのが筋ですけど、あの性格だし……」

天禄は言い澱み、小さく息を吐いて刀壁掛けに視線を流した。

月季は猜疑《さいぎ》心が強い。親しい友も作らず、唯一、心を開いていたのが紅琰だった。その紅琰も五百年前に魔界へ降嫁し、その孤独を埋める者はいまだいない。だれにも心を預けられない意地っ張りな性格が、いつか月季の命取りにならないようにと、この現金で優しい獣は願っているのだ。

天禄の視線を追い、連理もまた刀壁掛けの空段を見た。

――宵練。

この世で月季を殺すことができる唯一の剣。

昼は剣の影だけが見え、剣そのものは見えない。夜は光だけが見え、形は見えない。斬られても出血することはなく、傷は直ちに塞がり、殺すことはできないという。

（皮肉なものだな……）

目に見えない刃が、月季を傷つける。

存在するのかどうかもわからない、だれも殺すことのできないその剣だけが月季を殺すのだ。

連理はふと、巫山での太歳封印を思い出した。

忘れもしない、月季と初めて出会った日のことだ。

『第一皇子を補佐し、ともに太歳星君を封印せよ』

拝命したとき、天帝からは、実戦の場で手解きしてやってほしい、と言われたことは覚えている。

だが、実際に会ってみて驚いた。月季はまだ修行途中の身体も出来上がっていない少年で、あの大歳星君を相手にするのは正直、荷が重すぎた。内心、不安もあっただろうに怖れる素振りさえ見せず、初対面の連理にも一端の君子《くんし》として接する――そんなふうに背伸びする癖は、彼の育ちにも関係していたのだろう。

宮中のことに疎い連理でも、彼の母親が起こした事件のことは知っていた。月季だけは巻き添えを逃れたものの、それ以来、天宮で腫れもの扱いされていることも。

だから、天帝はもしかすると息子の成長具合すら把握していなかったのかもしれない。

子供のお守りをするつもりで、連理は月季とともに巫山に赴いた。

だれからも期待されていない、落ちぶれた第一皇子が、はたしてどれほどの戦いぶりを見せるだろうかと、軽い好奇心程度の気持ちだったと記憶している。

長時間に及ぶ洞窟での戦闘で、月季はひどく霊力を消耗した。無駄な動きが多すぎる、そう諫めようとしてふと気づいた。未熟な彼が、連理を頼ろうとしないばかりか、自分から前に出て、連理を守りながら闘おうとしていることに。

『天帝の子として、配下は守らねばならぬ。己より強かろうが、男だろうが、女だろうが』

理由を問うたときの、月季の言葉。

まっすぐに連理を見つめた、曇りのない瞳。

青臭い少年という印象しかなかった月季が、急に大人びて見えた。

どうしようもなく心を揺さぶられた。彼から目を離すことができない。周りの景色も音も一切が消え、ただ自分の鼓動だけが響いている。そんな状態に陥ったのは生まれて初めてだった。

衆生《しゅじょう》の救済に奔走し、この齢まで独り身のまま、色恋からも遠ざかっていた九天玄女が、親子よりも年の離れた子供に本気で惚れ込んだのだ。

これを青天の霹靂と言わずして、なんと言おうか。

千年経ったいまでも、目を閉じればすぐに思い出せる。膝枕で眠るあどけない寝顔も、意識が戻った後の慌てようも、それを押し隠して平静を保とうとした姿も。

だが一番、印象に残っているのは、思い詰めた顔で軒轅剣を胸に抱く彼の姿だ。

（なんと、いじらしい……）

いままで、どれほど傷ついてきたのだろうか。

傷ついていることに気づける者がどれほどいただろうか。

心中を思いやるほどに、痛々しさと愛おしさが込み上げてくる。

――見えなくても、刃はそこにある。

見えない刃から、彼を護りたい。

剣より重いものを抱えている彼に寄り添い、支えていける立場になりたい。

心に抱き続けてきた想いが、また膨れ上がる。

配下や朋友では物足りない。月季から心身ともに求められる存在になりたい。そのために西王母に膝をつき、東宮妃の地位を得た。公的な地位があれば、四六時中堂々と傍にいられる。もうひとりではない、これからは私がいると……。

「わかった。天禄、そなたの信頼に応えよう」

連理は深く息を吐き、召喚した剣を消した。心を落ち着かせ、ひとまず踵を返す。

戻ろうとする連理を、天禄が小走りに追いかけてきた。

「ここでのこと、殿下には内緒ですよ」

「ああ」

連理は歩きながら振り返り、指の背で天禄の鼻先を撫でた。まるで、弟に接するかのような仕草に天禄は目を丸くし、それから安堵したように破顔する。

「他の場所、探しますか？」

「……いいや」

宝蔵殿《ここ》にいないということは、本当にひとりになりたいということだろう。ならば、今夜はもう追うまい。他者に弱みを見せることを嫌う月季の、痛々しい泣き顔を思い出し、連理の胸はズキリと痛んだ。

『……おまえに、なにがわかる……』

あの一筋の涙が、すべてを物語っていた。

月季はまだ、執着している。紅琰そのものにではない。

彼が引きずっているのは、愛されなかった過去だ。

健気でいたいけな少年は、だれにも抱き締めてもらえないまま大人になってしまった。

いまだ紅琰への執着を捨てきれないのも、その表れだろう。

ただ幸か不幸か、自分も紅琰と性別は同じだし、月季は容姿の好みに煩くない。子を成すことは妾妃に任せ、愛に飢えた月季に溺れるほどの愛を注げば自分に振り向いてくれるはず――だったのだが、現実は一筋縄ではいかないものだ。

苦笑交じりの溜息をつき、連理はぬるりと結界を抜け出る。

（とりあえず、廃妃だけは避けねばな）

策を練るためにも、まずはあの方に会わなければならない。

結界を元通りに修復し、連理は天空を見上げた。


初めて訪れた百華王の庭は、噂に違わぬ美しさだった。

壮麗な精華宮はいまも隅々まで手入れが行き届き、白亜の殿堂と呼ばれるにふさわしい。

広々とした庭園には千紅万紫《せんこうばんし》の花々が咲き乱れ、鳥の囀《さえず》りと甘い香りに満ちている。

だが最も美しく艶やかなのはこの庭の主だろう。

牡丹紅の長衣を纏った紅琰が、花々の上で金の如雨露《じょうろ》を傾ける。霧のような仙水が七色の虹を作り、浴びた花々は瑞々しく輝き始める。

「愛を司る神の手はやはり違うな」

花が生き生きとする様を眺めながら、連理が感嘆する。

百華王の庭に咲く花は、すべて三界の愛だ。

愛を司る神は、この花園の管理と世話を担う。だから紅琰は魔界に降嫁した後も、時々こうして天界へと足を運んでいる。

「水やりくらい、誰にでもできますよ」

「でも、私が水をかけたこの花は元気がないままだ」

項垂れたまま、花弁から雫を垂らしている花を見つめ、連理は苦笑いする。まるで月季のようだ。いくら愛を注いでも受け付けてもらえない。

「お気になさらず。咲くも散るも最終的には天意ですから」

さらりと微笑み、紅琰は金の如雨露を消すと連理に向き直った。

「それより、ただ水やりを手伝いにいらしたわけではないのでしょう。なにか、お困りごとでも？」

さすがは愛の神と言うべきか、機微に鋭い。

ただ、仮にも彼は月季の異母弟であり、まだ互いに天宮で幾度か顔を合わせただけの間柄だ。あまり身内の生々しい話を聞かせるのは躊躇われる。

連理は慎重に言葉を選びながら口を開いた。

「困りごとと言うほどではないが、太子殿下のことで少々、相談というか……お身内としての意見を……」

「申し訳ありません。兄上が困らせるようなことをしたのですね？」

すまなそうな顔で謝る紅琰を、連理は慌てて止めた。

「いや、違う。誤解だ。紅琰殿も知っての通り、きれいな月季花《バラ》には棘があるもの。身を護るためと思えば、太子殿下の刺々しさも神経質な性格も愛らしくてたまらぬ……いや、なにが言いたいかというと、つまり……その、実は、初夜から共寝を拒まれている」

「…………」

——しまった。

言葉を選ぶつもりが、言わなくても良いことまで話してしまった。紅琰の美しい丹鳳眼《たんほうがん》が細められるのを見て、連理は焦る。だが挽回の言葉を口にする前に、紅琰の肩が震え始めた。

「黄帝《こうてい》に玄素の法を教えた義兄上の技をもってしても……とは、兄上も強情な……」

笑いを耐える紅琰を前に、ほっとした連理もまた口端を上げる。

やはり、天界一の花花男子《プレイボーイ》と謳われた百華王だ。男を女と見間違えるはずはない。九天玄女が男神だということも、とうに気づいていたらしい。

すべて承知の上で、あえて水を差すことなく祝福してくれた。紅琰の器の大きさに、連理は改めて感謝と尊敬の念を抱いた。

互いに閨房術に通じ、天界と魔界の差はあれど同じ東宮妃という立場にある。共通項も多い紅琰とは、この先も親しくやっていけそうだ。

「その強情で意地っ張りなところも実に愛おしいのだ。……だが、昨夜は少し行き過ぎた真似をして、太子殿下を怒らせてしまってな……」

のろけとも自嘲ともつかない話を続けながら、ちらと紅琰を見る。

結局、月季が東宮に戻ったのは、朝方になってからだった。連理との口約束を、忘れてはいなかったようだ。無理やり交わした約束でも、律儀に守るところが月季らしい。

花の世話をする手を止めて、紅琰は微笑んだ。

「それで私に会いに来られたのですね。あなたのような配偶者を得て、兄は幸せ者です」

なるほど、月季がこの異母弟に執着していたのも無理はない。

穏やかな微笑みを見つめながら、連理は心の中で納得した。聡いばかりか、察しがいい。このように美《は》しく優しく軽妙洒脱な弟ならば、手放したくない気持ちもわかる。

「だが、太子殿下は私がお嫌いらしい。私には勃たな…いや、死んでも抱くものかと言われてしまった」

話が通じる相手なら、もはや隠すことはない。

自嘲気味に打ち明けると、紅琰はしれっと返した。

「男だから駄目だと言われたわけではないのなら、望みは充分でしょう」

動じない紅琰を、連理は思わず凝視した。

「……たしかに」

言われたことは、なにひとつ間違っていなかった。

月季は自分のことを好きではない。好きではないどころか、廃妃したがっていることも知っている。だが、それは現時点でのことであって、今後どうなるかは自分次第だ。

おまえだから勃たないとは言われたが、おまえが男だから勃たないとは言われていない。

いっそ男でも連理だから勃つ、という身体にしてしまえば――。

「硬い土壌は、いくら水をやっても吸い込まぬもの。潤すにはまず耕さねばなりません。花を育てるのはそれからです。兄上は矜持が高い。頑なになっているいまは、閨房の術《テク》よりも気持ちを尊重されるといいのでは。心が開けば、おのずと身体も開くというもの」

「いや、まさに！」

的を射た助言に、連理は思わず手を打った。

心を固く閉ざしている者が、愛を受け入れてくれるわけはない。それなのに、廃妃を避けるためとはいえ、手っ取り早く快楽で手なづけようとしてしまった。

月季は強く愛を求める一方で、愛を信じられない。気持ちがついてこなければ、勃つモノも勃たない男だ。

「紅琰殿の言う通り、大切なことを置き去りにするところだった。私は太子殿下と、身も心も捧げ合える夫婦になりたいのだ。さすがは愛を司る百華王。ご教示、感謝する」

拱手礼《きょうしゅれい》した連理の腕を、紅琰が急いで下げさせる。

「顔を上げてください、義兄上。こちらこそ釈迦に説法でお恥ずかしい」

「いや、盲点だった」

やはり、会いに来て良かった。

若者は、長く生きている自分よりも柔軟な考えを持っている。

「ご教授ついでに、もうひとつお聞きしたい」

腕から手を離し、紅琰が微笑む。

「私で役に立てることであれば、なんなりと」

「失礼ながら、貴君は、兄上殿のことを恨んでおいでだろうか」

単刀直入に訊ねると、さすがの紅琰も呆気にとられた様子だった。

だが、気を悪くした様子はなく、すぐに表情を和らげる。

「五百年前の、あの事件のことですね」

連理は頷いた。

魔族の使節が和睦を求め、天帝に拝謁した日の出来事を、直接目にしたわけではない。

ただ、あの場には、連理の上官である西王母も臨席していた。月季が魔王太子に切りかかったいきさつについては西王母から聞いている。

「魔王太子が、『弟を害した大罪人』と月季殿下を罵ったというのは」

無礼を承知で直球を投げる。

だが紅琰は口許を袖で隠し、笑って受け流した。

「嘘ではありません。ただ、害されたといっても、怪我や毒でしばらく動けなくなる程度です。この身や元神を失うほどではなかった」

「……それは、紅琰殿が毒では死なないからでは？」

紅琰がじっと連理の目を見る。

踏み込んだ質問だ。連理としても問い詰める気はない。

ただ、愛を司る神を殺せるのは、愛し合った相手だけだと言われている。

その噂がどこまで本当かはわからない。だが、もし真実だとしたら、月季はそれを知っていたのだろうか。自分には殺せないと知った上で――。

「私も、最初はそう思っていました。しかし、改めて考えてみると、かなり手加減されていたようにも思うのです。少なくとも、私が病気や怪我で臥せっている間は、天界にいるしかない。兄上がいる天界に」

「……！」

やや俯いた紅琰の顔に、後れ毛が落ちかかる。

案の定、彼は明確な答えを避けた。

だが、後れ毛から透ける瞳に後悔の色が滲んでいるのを、連理は見逃さなかった。

「私も伴侶を得て、わかったことがあります。兄上はきっと寂しかったのでしょう。ご存知の通り、以前の私は天界を出て遊歴を繰り返していた。私が天界にいると、兄上は心を乱し、過ちすら犯しかねなかった……。兄上の心の平穏を口実に、私は兄と向き合うことから逃げたのです。もし、幼いころのように寄り添えていたら……」

「五百年前の、あの事件が起きることはなかった、と?」

紅琰は迷いながらも頷いた。

「兄上はずっと、子供の頃に戻りたがっていました。でも、私はその意図を勘違いしていたのかもしれません。救いを求めていたあの方を、ずっと突き放してきたこの私に……恨む権利などありましょうか」

血を分けた兄弟でも、わかり合えないことはある。赤の他人である夫婦ならなおのこと、対話を重ねなければ通じ合えない。

連理の脳裏に、思い詰めた顔で剣を胸に抱いていた少年の姿が、再び蘇る。

月季は、生涯でもっとも多感な時期を孤独に過ごした。

母親を早くに失い、父親は彼を護ろうとはしなかった、そんな月季が、霊力を使い果たすまで、連理を護ろうとしてくれたのだ。

連理が自分より強いと知っていても、天帝の子であるという矜持にかけて、必死に。

(あのように健気な殿下が、実の弟を害するようになるほど……)

痛ましさに眉を寄せる。

一人前の大人へと成長し、地位も得たいま、月季はもう庇護されるべき存在ではない。

だが、彼を愛する者は必要だ。心の穴が埋められないと、また同じ悲劇が繰り返される。

「いま、ご兄弟の間に、わだかまりはないと」

紅琰は強く頷いた。

「無論です。兄上には幸せになって欲しい。兄にはあなたが必要なのです。うまく言えませんが、兄上はあなたの愛を知るべきだと……そう、思われませんか」

「紅琰殿……」

感動に震える連理の両手を取り、紅琰はぎゅっと握る。

百華王の色男ぶりは、他夫《ひとづま》となったいまも健在らしい。紅琰は素早く連理の耳の横に顔を寄せ、意味深長に囁いた。

「ご存知のように、兄は素直ではありません。ただ、つんけんしているように見えても、押しに弱……いえ、情は深い方です。いっそ……抱かぬなら、抱いてしまえばよいのでは」

「！」

――無理に抱かれる必要はない。

連理は霧が晴れる思いで、離れていく紅琰を見つめた。

大事なのは月季の身も心も手に入れることであって、手段は問わない。

――勝負は時の運だ。

五百年前のあの事件がなければ、皆が自分を女神だと思い込んでいなければ――卓然たる高嶺の花が、手の中に降ってくることはなかった。

しかし、月季との縁談が纏まったのは、なにも不測の風雲だけに頼った結果ではない。主導権は先に握った者が勝つのだ。

「善く戦う者は、人を致して人に致されず……」

陽光が晴れやかに花々を照らし、ふたりの間を二匹の胡蝶が戯れながら通り過ぎていく。思わせぶりな笑みを浮かべる紅琰を見つめたまま、連理は幾度か頷いた。艶やかな唇がゆっくりと弧を描く。

「では……戻って、戦術を練るとしよう」

「お見送りいたします」

寿《いのちなが》ければ則ち辱《はじ》多し。柔よく剛を制するとも言うではないか。

弱みにつけ込み、なかば騙し討ちで嫁入りした自分に、いまさら恥も外聞もない。

上古の時代から永らえる守護神は、面子どころか攻守にさえもこだわらなかった。


精華宮から戻った連理が、早速向かった先は月季の書房――ではなく、東宮の御膳房だった。

ただ謝罪に訪れても、おそらく月季は会ってくれないだろう。だが、彼も木石ではない。

心の籠った手料理でも持参すれば、怒りが早く解けるかもしれない。

「いい匂い。玄女娘娘は料理までおできになるのですね」

居合わせた宮女が横から鍋を覗き、さも感じ入ったように言う。彼女は、体調を崩した同僚のための薬を煎じにきたらしい。

神仙には毎日ものを食べるという習慣も必要もない。宴でもあれば酒の肴に料理が並ぶが、普段は酒や茶のお供に甜品《てんぴん》などを楽しむ程度だ。ただ、后妃が天帝の気をひくために腕を揮うことは時々あり、連理が訪れても特に訝しがられることはない。

「ご多忙な殿下に、滋養をつけてもらいたくてな。料理は崑崙にいたときに覚えた。王母《ワンムー》娘娘の侍女たちを手伝っているうちに……」

くつくつと煮立った湯《スープ》の灰汁をすくいつつ、連理は当時を思い出すように目を細める。

蟠桃園に実る仙桃《せんとう》を原料に、西王母は様々なものを作っていた。春は桃の花弁を使った菓子で薫り高い茶を楽しみ、宴が催されれば仙桃酒に合う肴を大勢の侍女たちが用意する。彼女たちのお喋りを聞くのは楽しく、厨で調理を手伝うのも連理にとって苦ではなかった。

「太子殿下もきっと喜ばれますよ。玄女娘娘が、こんなに心を込めてお作りになったんですもの」

「だといいのだが」

宮女が土瓶を火からおろした。濃い色の薬湯を器に注ぎながら言う。

「でも玄女娘娘、そろそろお疲れでは？　もう何時間も煮込んでいらっしゃるのでしょう。厨師を呼んで代わらせましょうか」

鶏《とり》の汁物は弱火でじっくりが基本だ。肉の旨味が溶け出した湯に生姜や枸杞《クコ》の実などが合わさり、厨房には食欲をそそる匂いが立ち込めている。

連理はのんびりと鍋を掻き混ぜ、必要ないと首を振った。

「苦にはならぬ。私の手作りであることが重要なのだ。そなたこそ、薬湯が冷める前に早く行きなさい。同僚が待っているのだろう」

「あ……では、失礼いたします、玄女娘娘」

うっすらと頬を染め、宮女はいそいそと薬湯を運んで行った。同僚と言っていたが、もしかすると恋人なのかもしれない。

宮女の姿が見えなくなると、連理はおもむろに鍋の上に拳をかざした。掌を開くと同時に、ぽちゃぽちゃと音を立てて薬材が落ちていく。

蓋を閉めようとして、連理はふと何か思い立ったように口端を上げた。

「どうせなら朗君のアレも、元気になってもらわねばな」

玉茎不起の夫君のために、もうひとつ材料をおまけする。

さらに半時ほど煮込んだ後で、連理はようやく鍋を下ろした。

「さて、行ってみるとするか」

上品な湯椀に盛り付け、盆に乗せて御膳房を出る。

月季もさすがに東宮に戻っているころだろう。久々に腕を振るったのだ。喜ぶとはいかなくても、機嫌を直してくれないだろうか。そんなことを考えながら寝殿に向かう途中、ちょうど書房に行こうとしていた月季とばったり鉢合わせた。やはり、自分たちには縁がある。

「朗君、ちょうどよかっ……」

「！」

だが鉢合わせるや否や、月季は蠍《さそり》でも掴んだような顔をして走り出した。後を追う連理を突き放し、書房に逃げ込む。

「待ってくれ、朗君……っ」

「来るな！」

バタンと目の前で扉を閉められる。その上、結界まで展開され、連理は苦笑いを浮かべて立ち尽くすしかない。ずいぶんと嫌われたものだ。

「朗君、開けてくれ」

「断る」

扉越しに声をかけると、すげない返事が返ってきた。だが、無視されるよりはいい。連理はめげずに話しかけた。

「昨夜は悪かった。お詫びに差し入れにきたのだ」

「いらぬ。帰れ」

「鶏の汁物は嫌いか？」

「嫌いだ」

「私の顔を見るのも嫌か？」

「嫌だ」

「……。わかった」

結界を破って踏み込むことも、できなくはない。

だが、連理は素直に引き下がった。

月季はまだ意固地になっている。粘っても逆効果だろう。

（鶏は嫌いか……ならば、次は百合根にしてみるか）

今日が駄目なら明日がある。明日が駄目なら明後日だ。なにしろ時間だけはたっぷりある。

待てば甘露の日和あり。

傷ついた心にも、やがて時間薬《ときぐすり》が効いてくるはずだ。

◇◇◇

どんどんと書房の扉を叩く音が大きく響く。

「郎君」

「……」

「いるのだろう。今日こそは開けてくれ」

「………」

「郎君……！」

文机の前に座る月季のこめかみが、さきほどからぴくぴくと震えている。扉が叩かれる振動は、背後にかかっている詩画軸が揺れるほどだ。

傍らで墨を磨《す》っていた天禄が、ちらりと外を窺った。

「もう一週間ですよ。意地悪しないで入れてあげたらいいのに」

「うるさい、いま忙しいんだ」

「そんなこと言って、もう半刻ほど筆が止まったままじゃないですか」

「………」

天禄の言う通り、先程から月季の手はまったく動いていない。図星を指された月季は眉間の皺をさらに深め、唇を固く引き結んだ。しらず、筆を持つ手に力が入る。

（また私を困らせる気か……）

寝殿でひと悶着あった翌日、連理はなにを思ったのか、精華宮を訪ねたらしい。二弟《にてい》と話した内容までは知らないが、東宮に戻るとすぐに御膳房に行き、何時間も料理をしていたと侍従からは聞いている。

「朗君、今日は魚の汁物を作ってきたのだ。中に入れてくれないか」

めげない男が、ただでさえよく通る声を扉越しに張り上げる。以前にも増した押しの強さに神経を逆なでされ、月季は筆を持った手をぶるぶると震わせた。

(勝手なことを……！)

わざわざ書房で執務を行っているのも、「毎日きちんと東宮に帰る」と強引に約束させられたせいだ。あの男の言いなりになるのは癪に障るが、約束を破ったら、今度はどんな意趣返しをされるかわからない。

それをいいことに、連理は差し入れだのなんだのと理由を付けては、毎日のように押しかけてくる。あまりのしつこさに嫌気がさし、扉の内側には頑丈な鍵を取り付けた。相手も節度はわきまえているのか、壊してまで押し入ることはない。

そのうち諦めるだろうと思っていたが、もう今日で一週間だ。

これ以上、無視を続けると、使用人たちの間でどんな噂が立つかわからない。

「朗君、邪魔はしない。すぐに帰る。ああ、せっかくの汁物が冷めてしまう」

——また汁物だと？

月季は呆れながら黒檀の硯山《けんざん》に筆を置いた。

医食同源と言うが、汁物や薬湯を口にするのも、せいぜい怪我や病を得たときくらいだ。それなのに、連理は馬鹿のひとつ覚えみたいに毎日、汁物を作っては運んでくる。月季の苦手な甘い菓子でないだけましだが、どうせ食べないのだから同じことだ。

「天禄、いらぬと伝えて帰らせろ」

「そういうことは殿下の口から言ってください」

「……おまえ、あいつにずいぶんと肩入れするじゃないか。まさか、あいつから袖の下でも受け取ったんじゃないだろうな」

「そそそそんなわけないじゃないですか」

墨を磨りながら、天禄は目をそらした。

——怪しい。

「まさか、主を差し置いて本当に賄《まいない》を受け取ったのではないだろうな」

月季が疑いの視線を向ける。神獣とはいえ、性は獣だ。他人から餌を見せられれば、尻尾を振らないとも限らない。

天禄は大袈裟にため息をつき、硯《すずり》の縁に墨を置いた。パンパンと手を払う。

「本当に疑い深いんだから……そんなこと言うなら、俺もう鍵を開けますよ。長居はしないって言ってるんだし、さっさと用を済ませて帰ってもらいましょう?」

「待っ」

咄嗟に伸ばした手が硯山を倒し、たっぷりと墨を含んだ筆が転がる。書類についた墨の染みは瞬く間に広がり、月季は慌てて筆を取り上げた。

「どうぞお入りください」

ばたばたしている間に、天禄が勝手に鍵を外し、扉を開ける。湯椀を乗せた盆を手に、連理がいそいそと入ってくるのが見えた。

「太子殿下」

「……」

まともに顔を見て話すのはあの夜以来だ。涙を見られた気まずさはまだあるものの、いまだにそれを気にしているとは思われたくない。仕方なく、月季は筆を持ったまま、仕事に没頭しているふりをした。

「ずっと、夜遅くまで書房に籠っているだろう。滋養をつけてもらおうと、真心を込めて作ったのだ」

文机の上に盆を置き、翡翠色の陶器の蓋を開ける。食欲を刺激する香りとともに、温かい湯気が立ち昇った。

「これは魚……薬膳湯ですか？　九天玄女サマは器用なんですね」

手際よく器によそう連理の横で、天禄が呑気に感心している。

　その言葉につられ、手許に視線を向けた月季は湯の中身に戦慄した。

　──甲魚《スッポン》!?

　枸杞子、鹿茸《ろくじょう》、人蔘、燕の巣──目についたものだけでも、滋養強壮と精力増強に効果がある食材ばかりだ。

（真心ではなく、下心だろうが）

　月季は露骨に嫌な表情を浮かべ、そっぽを向いた。

「詫びならもういい。持って帰れ」

「せっかく作ったのだ。一口だけでも。……ほら、あーん」

　湯匙に汁をすくい、口許に運んでくる。甘ったるい恋人たちの戯れを思わせるその行為に、月季の顔が引き攣った。

　これは何の罰だろう。いまごろになって冷遇したことへの仕返しか。天禄も見ている前で、恥を知らないにもほどがある。

「いらぬ。甲魚の汁物などを口にするのは魔族と人間くらいのものだ」

「そんなことはない。れっきとした薬膳料理だ」

　手を怪我したわけでも病人でもないのに、大の男からこんなふうに世話を焼かれて嬉しいわけがない。かといって席を立つのも逃げ出すようで忌々しい。

「西王母だろうが竈神《かまどがみ》だろうが、とにかく私は食べない」

「そう言わずに。さ、召し上がれ」

絶対に食べるものかと月季は意地になって口を閉じる。傍目には、まるで毒を飲まされる罪人のように見えるだろう。

だが連理は気を悪くするでもなく、湯匙を月季の口許へと運んだ。

「朗君、ほら口を開けて……」

口調は優しいが、連理も意地になっているのかやめる気がない。月季はきつく眉を寄せ、湯匙を押し退けようと手を挙げた。

「しつこい！」

押し退けた手が、勢い余って連理の持つ器に当たる。あっと思った瞬間、器が連理の手から落下した。ガシャンという派手な音とともに、中身が床に飛び散る。

「あ……」

三人は揃って小さく口を開け、無言で床を見る。

割れた器の破片と、無惨に散乱した湯。

だが、気まずい空気が流れたのは一瞬だけで、すぐに連理は月季の手を取った。

「火傷しなかったか?」

「い、いや……」

「なんともないな、良かった」

連理が安堵の息を吐き、手の甲をそっと撫でる。

月季は慌てて袖に手を引っ込めた。

火傷したわけでもないのに、触れられた箇所が熱い。

「すまない。余計なことをして……結局、邪魔してしまったな」

連理は申し訳なさそうな顔をしながら、袖をひと振りした。台無しになったものを方術できれいに消し去る。一瞬ですべてが元通りになり、最初から存在しなかったかのように卓上の盆までもが消えた。

「……」

なにもない床から、月季はぎこちなく目をそらす。

見え透いた下心に、嫌気がさしたのは確かだ。

しかし、床に散乱した湯には、甲魚だけでなく、さまざまな薬材や食材が入っていた。灰汁をすくいながら何時間もつききりで煮込まなければ、あのように澄んだ湯の色にはならない。厨房に立ったことのない身でも、それくらいの知識はある。

「連……」

「気にするな、また何か作ろう」

文句を言うでもなく、再び厨に向かおうとした連理を月季は慌てて止めた。

「いい、行かなくていい。おとなしく帰ってくれ」

そこまでされたら口にしないわけにはいかなくなる。甲魚の次は何がくるか、わかったものではない。

「郎君は、まだ寝ないのか」

一旦は引き下がったものの、連理はなお諦めがつかない様子で月季の顔を窺う。その期待に満ちた目にギクリとした。

「し、仕事が立て込んでいる」

片手を上げ、あらぬ方向に視線を泳がせる。

負い目を感じる必要はない。無理強いするほうが悪いのだ。

そう内心で言い訳しつつも、じわじわと罪悪感が込み上げてくる。

「ならば、手伝おう」

「結構だ。天軍の機密事項だから見せられない」

実際は機密でもなんでもなく、持ち帰るほどの仕事でもない。だが、月季はもっともらしい顔でさっと袖を振り、文机の書類をすべて裏返しにした。

連理は一瞬、鼻白んだように見えたが、すぐに元のにこやかな表情に戻った。

「では、寝所で待っていても?」

「い……」

「否ばかり言わずとも、なにもしない。同じ部屋で休みたいだけだ」

「……」

「嫌がることはしないから……」

眉を八の字にし、棄てられた犬のような目でこちらを見る。

月季の中で、断固拒否したい気持ちと罪悪感とがせめぎ合う。

前回は油断したが、月季とて自分の身ひとつ護れないような腑抜けではない。

ただ、形だけでも東宮妃の寝所に通えば、周りから夫婦円満だと思われる。東宮妃が寵愛を受けていると誤解されたら、天帝に廃妃を求めづらくなるではないか。

やはりここは漢らしく、きっぱりと突っぱねよう。

口を開こうとしたその時、傍で一部始終を見ていた天禄の顔が視界に入った。背筋が寒くなるほどの冷ややかさに、寸でのところで気持ちがくじける。

「行、……くとは……確約できない」

「構わぬ」

「朝方になるかもしれないが」

「それでもいい」

「もし……万が一、行ったとしても同じ牀褥には寝ないぞ」

遠回しに諦めさせようとしたものの、こんな言葉で引き下がる相手ではなかった。

「わかった。では待っている」

　連理はにっこりと笑い、踵を返した。衣の裾を翻し、揚々とした足取りで部屋を出ていく。そこに物騒な物音を聞き、駆け付けてきた侍従が鉢合わせた。

「玄女娘娘……」

「なんでもない、私がうっかり湯の器を割ってしまっただけだ」

　侍従を適当にあしらう声が、扉の向こうに消える。

　書房にようやく静寂が戻り、天禄が口を開いた。

「太子殿下」

「なんだ。なにか文句があるのか」

　食い気味の月季に、天禄が溜息をつく。

「悪気がなかったにせよ、一言くらい謝ったほうが」

「いらぬと言うものを、無理やり食べさせようとするほうが悪い」

　月季は眉間に皺を刻み、そっぽを向いた。

　わざとではない。連理の強引な行動の中で起きた、咄嗟の事故だ。

　しかし、天禄の言い分ももっともではある。一言さっさと謝ってしまえば良かったのに、機を逸したことで今度は自分が負い目を感じる事態に陥った。そうでもなければ寝所を訪《おとな》う約束を無理やり取り付けられることもなかったのに。

（クソ……）

舌打ちする月季を横目に、天禄が再び墨を磨り始める。

「では殿下のご自由に。ただ、今夜ここで夜を明かしたら、男として最低だって侍女たちから誇られることは確かですよ」


——今夜だけだ。

なにを言われても、無視して寝てしまえばいい。

そう考えながら、月季は東宮妃の寝所の前で立ち竦んでいた。

天禄に言われて渋々やって来たものの、どうしても気が進まない。

いや、怖気づいたわけではないのだ。戦神に怖れるものなどない。だが、なにしろ相手は九天玄女だ。無駄に高い修為で卑怯な術を使われたら、また湯殿で寝落ちた夜のような目に合わないとも限らない。

——やはり出直そう。

そう決めて踵を返した瞬間、扉が急に開き、月季は飛び上がりそうになった。

「朗君、来てくれたか！　待ちかねたぞ」

むんずと腕を掴まれ、文字通り引きずり込まれる。背後で扉が閉まる音が大きく響き、月季は慌てて手を振り払った。

「触るな！」

後退《あとずさ》ってふと気づく。

牀から少し離れた場所に、一組の夜具が敷かれていた。

同じ牀褥では寝ない、と伝えたのだから当然といえば当然だ。

安堵しかけたものの、すぐに月季の柳眉《りゅうび》がピクリと上がる。

「まさか……」

この私を床で寝かせる気か。

「ああ、郎君は私の牀を使ってくれ。狭くはないはずだ」

連理の言葉に、喉まで出かかった文句を呑み込む。

さあどうぞ、とばかりに連理が掌を上に向け、奥の架子牀へと促した。

「い……いや、しかし」

いざ譲られてみると、途端に困惑してしまった。

男女なら夫唱婦随《ふしょうふずい》と言い訳もできよう。だが自分たちは男同士だ。長幼《ちょうよう》の序《じょ》からいければ年長者である連理を床で寝かせるのは気が引ける。

月季の心中を見透かしたように、連理は率先して床の夜具に胡坐《こざ》した。枕を軽く叩いて笑う。

「初夜では私に譲ってくれただろう。これでおあいこと思えばよい」

そこまで言われては、遠慮するのも不作法というものだろう。

月季は架子牀の前でもそもそと上衣を脱ぎ、傍らの衣桁《いこう》に放った。連理に背を向けたまま、ぼそりと言う。

「さきほどは……その……悪かった」

「ん？　ああ、別によいのだ」

連理は本当に気にしていないらしい。

心が軽くなり、月季は小さく息をついた。片手を揚げ、連理と自分の寝床の間に霊力で防御壁を張る。この線からこちらには来るな、という固い意志表示だ。

なにか言われるかと思ったが、連理は毛ほども動じず、指を鳴らして蝋燭を消した。

「おやすみ、朗君」

「……ん」

室内の灯りが消え、半蔀《はじとみ》からわずかに差し込む月光だけが残る。

連理が先に横になるのを見届けてから、月季もまた褥に入った。すぐには目を閉じず、天井を仰ぎ見ながら息をひそめる。

妙な緊張感が漂う中、連理が話しかけてきた。

「郎君、明日も来てくれるか？」

——おとなしく寝ついてくれればいいものを。

月季は渋い気持ちで答える。

「来るわけがない」

「では私が夜這いに行こう」

「寝殿に結界を張っておく」

「締め出す気か？　ならば屋根の上で寝るしかないな」

この男の心は鋼よりも強いらしい。なにを言われても、気持ちがしぼむということがないようだ。

月季はうんざりと溜息をつき、ぎゅっと目を閉じた。

本当は、結界を張っても無駄だとわかっている。方術に長けた連理の手にかかれば、赤子の手をひねるも同然だろう。

「やめてくれ、私を困らせるな」

「なにもしないと言っただろう、同じ部屋で眠るだけでいい」

「そなたがいると眠れない」

「では子守歌でも歌おう。それとも御伽噺……」

「いらぬ」

くっくと笑う声が響く。

よく笑う男だ。性格も自分とは真逆で、感情的になる姿を見たことがない。鈍感なのか、大人物を気取っているのか。

――クソ、やはり来るのではなかった。

連理が黙り、ようやく眠れるかと思ったときだった。

かすかな衣擦れの音を聞きつけ、月季は意識を集中させた。身体を硬くし、気配を探る。

防御壁をやすやすと突破した連理が、牀褥の端に浅く腰掛けるのがわかった。

すぐ傍の褥子が沈み込む感覚に、月季の掌がうっすらと汗ばむ。

(やはり、不埒な真似を……?)

おかしな行動に出たら、今度こそ軒轅剣で一刀両断にしてやる。

眠ったふりをしながら、月季は五感を研ぎ澄ませた。

だが、待てど暮らせど一向に動きはなく、静かなままだ。

どうやら連理は身じろぎもせず、ただ寝顔を見つめているらしい。

視線を意識すると肌がピリつき、目蓋が震えてくる。一秒ごとにどくんどくんと心音が大きくなる。

寝たふりをしていることくらい、もうとっくに気づかれているだろう。

ふいに、朗々とした声が室内に静かに響いた。

「……夭夭《ようよう》たる桃李の花　灼灼として輝光《きこう》有り　悦懌《えつえき》九春の若く磬折《けいせつ》秋霜に似る　流眄《りゅうべん》して姿媚を発し　言笑《げんしょう》して芬芳《ふんぽう》を吐く……」

「戯言を」

髪に触れようとした連理の手を強く払いのけ、睨み付ける。

〝昔日の繁華《はんか》の子《し》、安陵と龍陽なり〟から始まる阮籍《げんせき》の作だ。

繁華の子とは、花盛りの美少年のことで、いずれも王の寵愛を受けた配下、安陵と龍陽を引き合いに、男色の愛を詠った詩である。

「……手を攜《たずさ》えて歡愛《かんあい》を等しくし　宿昔《しゅくせき》は衣裳をおなじくす　願わくは雙飛《そうひ》の鳥と爲《な》り翼を比《なら》べて共に翺翔《こうしょう》せん　丹青《たんせい》もて明らかなる誓いを著し　永き世まで相い忘れざらん――まさに私たちのようではないか」

どこがだ。

月季は心の中で毒づき、背を向ける。

手を握り合って愛の行為に溺れるどころか、同じ牀褥で寝てすらいない。天帝の前で永《と》遠《わ》の愛を誓ったのは、九天玄女が女神だと思い込んでいたからだ。男だと知っていたら、ふたりの縁談が持ち上がることすらなかっただろう。

「人界かぶれの二弟とつるんでいるのは本当らしいな」

嫌味を言われても連理は怒りもせず、どこか懐かしむように笑った。

「出会った日のそなたはまさに、繁華の子だった」

「年寄りは昔話ばかりしたがる」

月季にとって、巫山での太歳封印は忘れたい過去だ。

不甲斐なく昏倒《こんとう》しただけではない。この男の膝枕で介抱された上に、目覚めた瞬間、大慌てしたことまで、思い出すと消えたくなる。

九天玄女と比べれば、いまも若輩者であることに変わりはない。だが月季ももう一人前の男だ。修練を重ねた現在の自分なら、連理の手を借りずとも――。

「ふふ」

連理の楽しそうな笑い声に我に返る。

「なにがおかしい」

「郎君とこうして話せるのが、とても嬉しい」

無視するつもりが、いつのまにか応酬してしまっていることに気づき、心の中で舌打ちする。

なにが閨房の語らいだ。もう絶対に返事はしない。

そう心に誓い、月季は背を向けたまま目を閉じた。さっきまで、なにかされるのではないかと身構えていた自分が恥ずかしい。

心中を知ってか知らずか、連理は勝手に話を続ける。

「私はあの日のことを一生忘れない。生まれて初めて恋をした日だ」

「……は？」

いまさっき誓ったことも忘れ、月季は目蓋を開けた。

――上古の神が、初恋だと？

あのとき、自分はまだほんの少年だった。だれからも愛されず、まだ何者にもなり得ていない青二才のどこに惚れる要素があったのか、わからない。

聞き間違いかと思ったが、連理は静かに言葉を継いだ。

「力を使い果たすほど、そなたは必死に私を護ろうとしてくれた」

「そ、それは九天玄女を女性だと思っていたから」

「いいや、そうは言わなかった。〝天帝の子として、配下は護らねばならぬ、己より強かろうが、男だろうが、女だろうが〟……と」

恥ずかしさのあまり、月季は吐血しそうになる。背を向けていたからまだ良かったものの、いまの顔はとても見せられたものではない。

母が大罪を犯したからこそ、自分は聖人君子であらねばならない、と。意固地になっていたあの頃の自分の、抜き身の刀のような危うさを思い出すにつけ、叫び出したくなる。

「こ、子供の戯言など早く忘れろ」

「忘れるものか。私はあのとき、そなたに太子の器を感じた。尻の青い少年が急に眩しく見えて、できることならずっと傍で支えたいと……」

「やめてくれ！」

月季は上掛けを頭からひっ被ぶる。

——くだらない。

閨の中での戯言だ。揶揄われたに決まっている。それを真に受けるほど馬鹿ではない。そんな些細な出来事で、自分を好きになるわけがない。

「なぜ怒る。褒めているのだぞ」

「黙れと言っている……！」

見え透いたおべっかに、心を動かされたわけではない。

ただ、勝手に顔が熱くなる。

これまで、ろくに褒められたことがなかった。だから、どんな顔をしたらいいか、わからない。鼓動がどんどん速くなる。

（クソ……！　鎮まれ！）

息を殺していると、被子の上から、子をあやすようにぽんぽんと背を叩かれた。次いで、意味ありげな囁きが耳に届く。

「郎君は情が深い。誰も知らなくとも、私はそなたのいいところを知っている」

「……」

普段のように言い返すこともできないまま、月季は跳ね回る心臓を手で抑え込んだ。

「朗君？　眠ったのか？」

「……」

しばらく黙っていると、やがて小さな溜息が聞こえた。連理が残念そうに独り言ちる。

「妻より先に寝るとはつれないな。……こう見えても、そなたに触れたいのを我慢しているのだぞ」

ギクリとして、思わず襟の上前を片手で掴む。最後の方は囁きにも満たない声だったが、月季の耳にはしっかりと聞こえていた。

この男、君子なのか、老色批《エロオヤジ》なのか。

いや、どちらでもいい。頼むから、とっとと離れてほしい。

だが連理は体勢を変え、あろうことか月季がくるまった被子のすぐ横に身を添わせた。

「……おやすみ、朗君」

吼《チュッ》、と軽い口吻《こうふん》の音を最後に、室内は静かになった。このまま眠るつもりらしい。

隣からかすかな寝息が聞こえ始めたころ、月季は被子から顔を出した。蝸牛《かたつむり》のように様子を窺い、連理が眠っていることを確認する。ようやく肩の力が抜けると同時に、なんだか腹が立ってきた。仮にも、触れたい相手の隣で、よく安穏と眠れるものだ。

空中で殴る真似をしてから月季は端に寄り、連理に背を向けて目蓋を閉じた。

とはいえ、互いに手を伸ばせば届く場所に寝ていると思うと眠れない。寝た子を起こすことにもなりかねず、寝返りひとつ打つのにも気を遣う。

一刻が過ぎようとするころ、月季は意を決して起き上がった。連理が熟睡しているのを確認し、上衣と沓を手にひっそりと閨を抜け出す。

いつもなら寝殿の扉の外にいるはずの護衛も天禄も、今夜は姿が見えない。余計な気を回したものだと、内心いらつきながら外に出る。

宮殿内は静まり返り、物音ひとつしない。遠くで見回りの者が燈を揺らしながら長い廻廊を渡っていくのが見える程度だ。

月季は前庭《ぜんてい》にある仙木の下に立ち、軒轅剣を召喚した。冴え冴えと月光を背に、月季の顔が引き締まる。刹那、月季は静かに足を踏み出した。

空を切り裂く音とともに、青白い光が走る。流れるように振り下ろされた刀身が、落ちてきた葉を一瞬で真っ二つにした。呼吸法を変え、まるで剣舞を舞うように跳躍する。白い蝶さながらに袖裾が宙に浮かび、空気を孕んではためいた。

剣に神経を集中させ、套路《とうろ》を練る。立て続けに突き、跳ね斬り、回転して躱しては受け流す一連の動きを息も乱さずに繰り出していく。

くたくたになるほど身体を動かせば気も鎮まり、泥のように眠れるだろう。岩をも断つ勢いで繰り出された剣技が、ふいにいずれかの剣に受け止められた。

「！」

「つれないではないか。妻を閨に一人寝させて、自分ひとりで修練に励むとは」

重なる刃の向こう側で、連理がにやりと笑う。いつのまに、という言葉を呑み込み、月季は相手を睨み付けた。力技で剣を弾き、離れる。

「貴様……」

「まだ真夜中だぞ。太子殿下の剣術の修練は朝の日課と聞いているが……」

「いつ修練しようが私の勝手だ。年寄りはとっとと寝ろ！」

かっとなった月季が跳躍して斬り込む。自身の佩剣でそれを受け、連理は一歩後退した。

「剣の修練なら、相手がいた方がいいに決まっている。それとも、この私では不足か？」

「……大きな口を叩くではないか、九天玄女」

相手の剣を薙ぎ払い、月季は鋭く目を細める。

連理の前で剣を振るうのは大歳討伐のとき以来だ。当時の記憶のままに、未熟な腕となめてかかっているのなら後悔させてやる。

「言っておくが、私はもうあの頃の私ではない。戦神を見くびると痛い目を見るぞ」

「ならば手合わせ願おう。負けた方が、相手の望みをなんでもひとつ叶える、というのはどうだ？」

その言葉に、月季の目がきらりと光った。自分から言い出したのだから、文句は言わせない。しめたと唇を舐め、剣先を連理に向ける。

「望むところだ。先に言っておく。私が勝てば、二度とそなたの寝所には行かぬからな！」

言い終わらぬうちに月季は素早い突きを繰り出した。連理はのけ反ったままかなりの距離を後退し、月季の剣を鼻の先すれすれで躱しきる。踏みとどまった脚を軸にして体勢を立て直し、返す刀で月季の剣を鋭く退けた。

「今夜の朗君は元気だな」

「抜かせ！」

月季がすぐに抗戦に転じる。交差した互いの剣先が目にも止まらぬ速度で螺旋を描き、きりきりと擦れる音を響かせた。

「少しばかり腕がなまったのではないか？」

しなやかな獣のように隙を窺いながら、月季が挑発する。

「そう感じるのなら、それはそなたが成長した証であろう」

「……偉そうに」

きつく眉を寄せ、月季は相手の剣を跳ね上げた。

斬り合うふたりの長衣が靡き、夜目にも白く浮かび上がる。

こんなふうに、本気で仕合ったのはいつぶりだろうか。

天界広しといえど、戦神と互角の勝負ができる者はごく限られる。太子という身分上、天軍の配下が相手を務めるにしても、互いに手心を加えないわけにはいかない。剣聖と呼ばれた師父《シーフー》は閉關《へいかん》修行中で、いつ出てくるかもわからない。

　その点、九天玄女は修練の相方として申し分なかった。功力も武術の腕も、いまの月季に引けを取らない。手加減なしで没頭できる仕合は久しぶりで、いつのまにか月季の額にはうっすらと汗が滲み、全身が熱くなっていた。

「朗君、もう夜が明けるぞ。そろそろ降参したらどうだ」

「抜かせ！」

　高く跳躍し、刃を交えるたびに火花が散る。

　ふたりの力はほぼ互角で、なかなか勝負がつきそうになかった。

　焦れた月季が刀身を寝かせ、相手の刃を擦りながら一気に間合いを詰める。連理が白い単衣の袖裾を靡かせながら回転し、背後に跳躍した。月季もすぐさま高く跳躍し、立て直す隙を与えずに連理を一気に追い詰める。押された連理が仙木の根に足を取られ、わずかに体制を崩した隙を、月季は逃さなかった。

「！」

　鋭い音が耳に響いた。連理の佩剣が手から離れ、回転しながら飛んで行った先の地面に突き刺さる。

「私の勝ちだ」

　月季の剣先は連理の首の横をかすめ、仙木の幹に突き刺さっていた。乱れた髪が剣刃にかかり、はらはらと落ちていく。

柄を握ったまま息を弾ませる月季に、連理が手を伸ばして囁いた。

「ああ、朗君……素晴らしかった」

負けたことを悔しがるどころか、むしろ誇らしそうな表情が癇に障る。

月季は頬に触れようとした手を払いのけ、仙木から剣を引き抜いた。少なくとも、いまの自分の実力が身をもってわかったはずだ。最初に宣言した通り、これからは大手を振って自分の寝殿に戻り、枕を高くして眠れる。

月季は軽やかに剣を回転させると、逆手に持って背後に回した。

「君子に二言なしだ。いいか、貴様の閨房で寝るのは今夜が最後だからな」

「……わかった」

負け惜しみだろうか、連理の口端がわずかに上がる。

いい気味だ。

剣を消し去り、月季は清々しい気分で天上を仰いだ。

いつのまにか空はうっすらと白み始め、夜明けが近づいていた。


宣言通り、それから月季が東宮妃の寝所を訪れることはなかった。

代わりに、夜になると連理が太子の寝所を訪れるようになったのである。無論、召されたわけでもないのに、だ。

「そういう意味じゃない！　帰れ！」

何度か追い出したものの、そのたびに連理は術を使い、鳩のように戻ってくる。そして怒髪《どはつ》衝天《しょうてん》の月季に、いけしゃあしゃあと言ってのけたのだ。

「私の寝所を訪わないことに文句は言っておらぬ。だが、朗君の閨を訪うな、とは言われなかった。そのような約束もしていない」

「詭弁《きべん》ではないか！」

「兵は詭道なり」

「な……っ‼」

「君子に二言なし、一度口にしたことは守られよ。ただ、どうしてもと言うなら、私は外で寝ても構わぬが……天の太子ならば、まず信義を重んじるべきではないか？」

愉《たの》しそうにニヤニヤする連理を睨み付け、月季は歯噛みした。

やたら弁が立つこの男に、口で勝てるわけがない。

「私に指一本でも触れたら、東宮から追い出してやるからな……！」

悔し紛れに憎まれ口を叩きつつも、結局、月季は受け入れるしかなかった。

諦めざるを得なかった、と言ったほうが正しいかもしれない。無理に追い出して本当に屋根の上や扉の前で寝られたら、翌朝どんな噂が立つか。この男なら本当にやりかねないし、もし天帝の耳に入れば「妻を虐げた」と不興を買うのは自分の方だ。

いま、連理は同じ間に置かれている牀榻を使って眠っている。長い脚を折りたたみ、背中を丸めて横になる姿をこの目で見たのだ。

ここ数日は、そのまま朝まで休んでいた。

しかし、今夜は違った。

夜半過ぎ、連理がむくりと起き上がった。そして牀榻を抜け出すと、足音を忍ばせて月季の眠る牀に近づいてきたのだ。

そっと被子を捲られ、鼓動が一気に跳ねあがる。寝たふりを続けながら、月季は早くも佩剣を召喚せんと袖の中で指を伸ばした。

するりと滑り込んできた男が隣に身を横たえる。

「……」

だが、男は隣に寝ただけで動かない。不埒な行為をしようと思えばいくらでもできる距離で、なにも起きないまま、時間だけが過ぎていく。

口から飛び出しそうだった心臓が徐々に鎮まり、代わりに規則正しい相手の呼吸が聞こえてくる。

とうとう我慢できなくなり、月季はそっと薄目を開けた。

長い円柱状の枕の端に頭を乗せ、こちらを向いて目蓋を閉じる連理の顔が目前にある。

しらず、また鼓動が早くなる。

天族はみな顔かたちが美しい。だが、これほど臈長《ろうた》けた男をこんな近くで見る機会は稀だろう。

鋭い輪郭に、整った目鼻立ち。月光が滑らかな肌を青白く映し出し、濃い睫毛の影を長く伸ばしている。波打つ長い黒髪が光沢のある敷布に散らばり、端整な容貌と相まってドキリとするほど艶めかしい。

（思わせぶりなことばかりして、呑気に眠りこけるとは……）

なにかされたら腹が立つのは当然だが、されないいまも腹が立つのはなぜだろう。

あの夜、自分をさんざん辱めた男が、今夜は指一本触れずに添い寝をしている。寝言のひとつでも聞こえれば叩き出す口実にできるのだが、鼾《いびき》も歯軋りもなく静かなものだ。

（触れたいのを我慢しているだのなんだのと言っておいて……）

そう考え、月季はぎゅっと眉を寄せた。

――いや、違う。

これではなんだか、手を出されることを期待していたみたいではないか。

違う。断じて違う。なぜこの男はここで寝ることにしたのかと疑問に思っただけで、決してなにか起きることを望んでいたわけではない。

月季は険しい顔のまま、寝返りを打った。連理に背を向け、被子を引き寄せる。

何日も狭い牀榻で寝ていたから、連理もたまには足を延ばして寝たくなったのだろう。月季の架子牀は元々、大人の男が二人並んで寝ても身体が触れ合わない程度には広い。

（狭苦しく牀褥の端を借りるくらいなら、自分の寝房に戻って眠ればいい……）

結局、連理は朝までおとなしく眠っていた。そして月季が起き出す前に抜け出し、そ知らぬ顔で再び自分の寝床へと戻っていった。

月季もあえて気づかぬふりを貫き、そのことに言及しなかった。連理の添い寝を黙認したと思われたくなかったからだ。

しかし、この厚かましい男は、なにも言わないのを逆手に取り、翌日も牀褥に入ってきた。

そして再び夜明けまで添い寝すると、今度は月季が起き出す前に床を離れ、ともに朝の修練で汗を流したのだ。もちろん、相手をしろと命じたわけではない。ただ、あの夜の剣の修練は充実した、久々に満足がいく内容だった。九天玄女ほどの使い手ならば手合わせの相手として不足はなく、月季も手加減なしで剣を振るえる。

だが、充実した朝と昼が終われば再び肩透かしの夜がやってくる。二日続けて添い寝したと思ったら、三日目は一緒に寝ない。四日目は夜中に隣に滑り込んできたが、五日目と六日目は別々の寝床で眠る。

気まぐれな添い寝が続くうちに、指摘する機会を完全に逸してしまった。そのうち夜が近づくと、今夜は連理が自分の牀に来るか来ないかが気になって、そわそわするようにさえなっていたのである。

（いったい、あいつはなにを考えているのだ……）

「――は。え？」

天帝の傍らに、ぼんやりと立っていた月季が我に返る。朝議が終わり、目の前の卓の上には奏状《そうじょう》が広げられていた。

天帝が呆れたように月季の顔を見る。

「婚姻からもうふた月が過ぎようというのに、双回門はどうしたのかと聞いたのだ」

婚姻からひと月後、新郎新婦は揃って妻の実家に里帰りする。揃って門をくぐることから、それを双回門と呼び、新婦の実家では三日間、酒宴を催すのが通例だ。

だが連理との婚姻事体を認めたくない気持ちから、後回しにしてしまっていた。

「申し訳ありません。失念しておりました」

「婉姈からは、なにも言ってきていないのか？」

「はい。すぐに崑崙に使いを出します」

太古の伝説によれば、九天玄女の両親は元始天王《げんしてんおう》と太元玉女《たげんぎょくじょ》とされている。ただ、いまの天界にはいずれの神の姿さえ見た者はおらず、華燭の典では上官である西王母が父母の代理を務めた。派手好きで賑やかな宴を好む西王母のことだから、回門宴も喜んで崑崙で催すだろう。

「そなたもう独身ではないのだ。儀礼的なことはきちんとせねばな。そなただけでなく、天宮の体面にもかかわる」

「私の気が回らず、お恥ずかしい限りです」

またも天帝を失望させてしまった。

溜息をつかれ、月季は恥じ入るしかない。

「まぁよい。崑崙から催促がなかったのも、そなたの多忙を理解しているからだろう。近ごろは凶神妖魔の討伐にも積極的に出向いていると聞いている。仕事熱心なのは感心だが、東宮を留守にすることも多いとか。それで……どうなのだ」

「？　どう、とは」

天帝がわざとらしく咳払いした。髭を扱きながらあらぬ方向を見る。

「夫婦仲はうまくいっているか。その、懐妊の兆候などは」

「……」

懐妊どころか、新枕《にいまくら》を交わしてすらいない。

月季は、ここぞとばかりに口を開いた。

「そのことですが……」

勢い込んでふと、言いよどむ。

いまさら東宮妃が実は男でした、などとは口が裂けても言えない。

だが肝心の夫婦不和を訴えようにも、このところ、連理は連日、太子の寝所に通ってきている。添い寝だろうが同衾《どうきん》だろうが、同じ牀で寝ている事実に変わりはなく、ときには月季の日課である剣術の修練の相手を務めていることも、東宮では周知の事実だ。

実情はどうあれ、他者から見た自分たちは、廃妃もやむなしと判断できるほど不仲とは言い難いのではないか。

「いかがした？」

「……いえ、なんでもございません」

月季は慌てて首を振る。

（なんということだ……）

初夜以来、父帝からこの話題をふられるのを待っていた、はずだった。冷遇しつつ外堀を埋め、最終的には廃妃の裁可を勝ち取るのだ、と。

しかし、現実はどうだ？

詭弁を弄して強引に押しかけられ、気づけば当たり前のように連理が傍にいる。自分自身、文句だけは言いつつも、不思議と以前ほどの嫌悪感はない。

否、嫌悪どころか、それほど悪くないと感じ始めている自分に気づかされ、月季は愕然とした。

「さすがに気が早い話だったな。焦ることはないが、子を成すことは太子としての務めでもある。そなたも心して妃のもとに通うことだ」

もっともらしい天帝の言葉に、なにひとつ反論できないまま項垂れる。

——してやられた。

自分はまた、機を逃したのだ。

「父帝の、仰せのままに」

月季は切れ長の目を伏せ、畏まって拝礼した。


東宮に戻った月季を、真っ先に出迎えたのは連理だった。

「朗君、帰ったか」

こうして出迎えられることも、もはや日常の光景になりつつある。

「……ああ」

連理の顔を見た途端、父帝の言葉が思い出され、月季は表情を曇らせた。

(東宮の務め、か)

子を成さぬは親への不孝、という風潮はなにも人界に限った話ではない。

だが実際は不孝だけにとどまらず、いまや天帝を欺いた共犯者だ。露見すれば天界中の笑いものどころか、東宮としての身分を剥奪されかねない。

そんな崖っぷちで、自分はなにを迷っているのだろう。

連理よりも、むしろ優柔不断な自分自身に腹が立つ。

月季は目を反らし、話題を変えた。

「天禄はどうした」

いつもなら天禄が犬のように駆け寄ってくるのに、今日は姿が見えない。

連理がいそいそと更衣を手伝いながら答えた。

「朗君と入れ違いに出て行った。どこへとは聞いていない」

「フン。私よりも、そなたのほうが貔貅の扱いはうまいようだ」

このところ、天禄はやたらと連理に懐いている。汁物の一件でとりなしたのも天禄なら、連理の寝房に行くよう仕向けたのも天禄だった。まるで連理のほうが本当の主であるかのように、騎乗さえも許している。

（天禄のやつ、二弟にさえ距離を置いていたくせに……）

月季は太子に封じられると同時に、天禄と血の契約を結んだ。白澤《はくたく》でも麒麟《きりん》でもなく貔貅を選んだのは、軍用神獣としての使い勝手のよさもある。だが一番の理由は、月季以外のだれにもその身を触れさせなかったことだ。獣ながらに節義が堅いと感心したのだが、思い違いだったらしい。

「天宮でなにかあったのか？」

いつにもましてピリピリした様子に、連理はなにかを察したらしい。さりげなく訊ねられ、月季は眉を寄せて口を噤んだ。

実情はどうあれ、まだ連理を妻と認めたわけではない。

だがこれは父帝の言い付けだ。忌々しいが、体面を保つために我慢するしかない。

「……父帝から、双回門のことを訊かれた」

しばらく黙りこくった後に、ぼそりと告げる。

「ああ、ちょうど崑崙から青鳥がきていた。帰寧《きねい》は王母娘娘が取り仕切る」

青鳥は西王母の使いの鳥だ。こちらに遠慮しつつも、やはり双回門のことは気にかけていたようだ。気は進まないが、西王母の顔を潰すわけにはいかない。

数日後、ふたりは贈り物を携えて崑崙を訪ねた。九天玄女にとっては婚姻後初めての〝里帰り〟だ。貔貅から揃って降り立ったふたりは侍女たちに案内されて門をくぐり、邸内に入った。

「お伺いが遅れ、失礼しました」

「王母娘娘、ごきげんよう」

瑶池《ようち》と蟠桃園の主、西王母が娘と婿を出迎える。

「太子殿下、太子妃殿下もよくおいでくださった」

顔を合わせるのは華燭の典以来だが、相変わらず派手な出で立ちだ。その玉姿《ぎょくし》もさることながら、太華髻《たいかたぶさ》に宝玉の簪《かんざし》、金色に光り輝く衣を纏い、華やかなことこの上ない。たくさんの贈り物を受け取った彼女は、上機嫌でふたりを宴の席へといざなった。

「さあ、どうぞ奥へ」

初日の宴の席は、庭園の荷池《かち》の中に建てられた亭閣に設けられていた。池に浮かぶ白睡蓮を眺めながら、西王母の弟子たちの霊力で掛けられた彩虹橋を渡る。反り返った屋根を頂く亭閣は美しい庭園の風景を一望でき、吹き渡る風もまた馨しい。

ふたりが主賓の席に並んで座ると、いよいよ歓迎の宴が始まった。

身内だけとはいえ、宴には西王母の娘たちや高位の弟子も出席している。雅やかな楽に合わせて仙女たちが舞い、杯《さかずき》が酌み交わされて賑やかしい。

頃合いを見て、月季は杯を手に立ち上がった。

「王母娘娘、帰寧が遅れたお詫びに、この一杯を飲み干しましょう」

優雅に脇息《きょうそく》に凭《もた》れる西王母が微笑み、その場で杯を掲げる。袖で口許を隠しながら飲み干すと、場は大いに盛り上がった。他の出席者たちも次々と立ち上がり、言祝《ことほ》ぎとともに献杯していく。一通り杯が回ったところで、月季は座に戻った。

「朗君、飲んでばかりでは悪酔いする。ほら」

連理が箸を取り、甲斐甲斐しく膳の料理を取り分ける。恥を恥とも思わない普段の振る舞いからは想像もできないほどの良妻ぶりだ。

「私の世話は焼かずともよい。そなたが食べよ」

断ると、なにを勘違いしたのか、見ていた西王母が相好を崩した。

「太子殿下は、ご結婚されて以前より穏やかになられたようだ。縁を取り持った妾としても嬉しい限り」

月季はどうにか浮かべた愛想笑いを引き攣らせた。

つい最近、天軍内でも同じような話を聞いた気がする。

天軍を率いる戦神として、近寄りがたいくらいの方がちょうどいい。そう思い、配下の前では堂々と威厳ある姿を見せてきた。

だが、笑顔を絶やさないこの男が傍にいると、自分まで威信を損なう。

「王母娘娘、ご冗談を」

「妾の副官は太子殿下にベタ惚れであったからな。だれぞいい相手はおらぬかと天宮から打診があった夜、この子は妾の前で叩頭《こうとう》したのだ」

「……え?」

間違いかと、月季は思わず西王母を凝視した。

だが西王母は気づくことなく、当時を思い出したようにくっくと笑っている。月季が口を開く前に、連理が横から口を挟んだ。

「王母娘娘、その話は……」

「おや、話していないのか？」

西王母が寄りかかっていた脇息から身を起こし、ふたりの顔を見比べる。

連理ははにかんだ笑みを浮かべ、黙って小さく首を振った。いつもの月季なら、いつまで猫を被るつもりだと嫌味のひとつでも囁くところだ。

だが、いまはそれどころではない。

「王母娘娘、いまの話は本当ですか」

「妾が嘘を言ってどうする？」

悠然とした口振りからも、西王母が嘘を言っているようには見えない。

——私との結婚を、連理が自ら願い出ただと……？

現天后は若く健在であり、連理も後宮で権力を振るいたがるような質ではない。どう見ても窮屈な宮中より、自由に羽を伸ばせる崑崙のほうが連理の気質に合っている。

（まさか……私のことが好きだというのは、本心だったと……？）

月季の動揺をよそに、西王母は孔雀の羽扇を優雅に揺らめかせながら、幾度か頷いた。

「押しかけ女房でもよいではないか。九天玄女はどこに出しても恥ずかしくない、自慢の部下だ。夫婦仲も睦まじいようだし、おふたりの子が楽しみだな」

「……子供……」

正直、西王母は、九天玄女が男だと知った上で嫁がせたのではないかと疑っていた。

だが、いまの発言は、自分たちがごく普通の男女の夫婦であることを前提としたものだ。

いくら子授けや赤子の守護を司る西王母でも、男神同士で子ができるとは思っていまい。

となるとやはり、連理は上官までもを欺いていたということになる。

(たしかに、女と見まごうほどの美貌ではあるが……)

これまで、本当にだれも気づいていなかったのか。

思わず、隣に座る連理の顔を横目で睨む。

当の連理はすぐに気づき、悠然と微笑み返した。

その自信に満ちた美貌と佇まいたるや、完璧すぎて癪に障るほどだ。傍若無人なところもあるが、普段は温順で面倒見がよく、文武に秀でている。

(それなのに……)

九天玄女と釣り合う相手、ともなると相手は限られるかもしれない。それでも本人が望むなら、男女問わず縁はいくらでもあったはずだ。この歳まで独身を貫いた上、女と偽ってまで東宮に輿入れを希《こいねが》うなど、狂気の沙汰としか思えない。

(大罪を犯してまで、なぜ……)

連理から視線をそらし、月季は苦い気持ちで杯を持ち上げる。

だが、さきほど飲み干したばかりの杯は空っぽだった。酌をしようとする連理を無視し、手酌で酒を呷《あお》る。

天界で、自分がどう見られているかくらい知っている。

気位だけは高い、ひねくれた太子殿下。罪人の子として周りから白い目で見られ、父にすら長く顧みられなかった。太子に封じられ、ようやく日の目を見たあとも弟に執着して問題を起こし、嫁の来てさえ危ぶまれた。

そんな相手を、なぜ、連理はずっと好きでいられたのだろう？

「太子殿下、どうかされたか？」

微妙な空気を察したのか、西王母が怪訝な顔をした。

「……いえ、なんでもありません」

今日この場で、西王母を問い詰めることも考えなかったわけではない。だが、そんな気持ちも、いまはすっかり消え失せてしまっていた。

だが、月季の浮かない顔を見て、西王母はなにか勘違いしたらしい。

「ああ、妾としたことが、配慮が足らず申し訳ない。太子殿下、困ったことがあればいつでも相談に乗ろう。なに、子授けは妾の本領。瑤姫《イャオヂェン》」

名を呼ばれ、西王母の二十三番目の娘である瑤姫が席を立った。袖を一振りすると、彼女の手の中に小さな木箱が現れる。西王母が用意させた贈り物だろう。月季は瑤姫が恭《うやうや》しく運んできた小箱を受け取り、促されるまま箱を開けた。

「これは……？」

美しい絹張りの台の上に、真珠色の丹薬がひと粒乗っている。

西王母が答える前に、横から連理の手が伸びてきた。月季の手からそっと箱を取り上げ、蓋を閉じて瑤姫の手に押し付ける。困惑した顔の瑤姫に目配せし、連理は叉手《さしゅ》の礼を取った。

「王母娘娘のご厚意に心から感謝します。ですが、これは受け取れません」

「どうした？　遠慮せずとも、蟠桃園の主である妾にとって霊丹妙薬など……」

王母娘娘、と連理が嗜めるように言葉を遮る。

「太子殿下はお若く、活力に満ちた非凡な傑物《けつぶつ》であらせられる。王母娘娘の霊丹妙薬に頼る必要はありません」

連理の言葉に、宴の席が静まり返った。列席する者の視線が一斉にふたりに注がれる。

「ふ、これはこれは……失礼した。余計な老婆心であったな」

西王母はクックと肩を震わせて笑い、軽く手を振って瑤姫を下がらせた。代わりに仙桃酒を好きなだけ持って帰るようにと告げる。連理は喜び、丁寧に礼を言った。

だが、さっきから月季は心穏やかではない。

――クソ、連理め……しかも、いまの薬は……。

瑤姫の化身は瑤草《ようそう》で、一説には催淫効果があるとも聞く。

十中八九、媚薬の類だろう。

天帝だけでなく、西王母にもここまでして子作りを促されるとは思わなかった。

連理が拒まなかったら、なにも気づかず受け取っていただろう。

西王母が調合した霊丹妙薬は千金に値する。飲むだけで数百年分の修為を上げる薬すら作れるという噂だ。知らずに口にしていたら、と考え、ふと疑問に思った。

（なぜ……）

以前の連理なら、黙って受け取らせたのではないだろうか。否、それどころか、月季に一服盛っていてもおかしくなかった。浴場で眠り込んだあの夜、力技で勃たせようとしてきたことを思うと、明らかに態度が違ってきている。

「では、おふたりに敬意をあらわし、妾からも一献《いっこん》を捧げよう」

気を取り直したような西王母の声に、月季は我に返った。連理と共に杯を掲げる。芳醇な香りとともに、強い酒が喉を焼いた。

「……玄女娘娘があのようにおっしゃるとは」

「きっと素晴らしくご立派で、すごいのでしょうね、その、いろいろと……」

連理の言葉に含みを感じた仙女たちが、ひそひそと囁き合う声が聞こえてくる。

月季は平然と聞こえないふりをしていたが、心中は怒りと羞恥でいっぱいだった。

本人は褒めたつもりかもしれないが、もう少し他に言いようがあるだろう。取り成すどころか、さらにいらぬ誤解を招いている。

二杯目を注いでくれる連理を睨み付け、月季は押し殺した低い声で囁いた。

「おい、さっきの発言はどういうつもりだ」

「義母から玉茎不起を心配されたのだぞ。杞憂だと疑いをはらすためには、ああ言うしか」

「しかし、言い方……！」

「私は嘘を言った覚えはない。そなたの面子を守った。それでいいではないか」

「それは、……そう、だが」

丸め込まれた気がしながらも、月季は杯を煽る。

連理の言う通り、夫としての面子は保たれた。だが、このような好奇と尊敬の入り混じった視線を受けながら、平然と三日も過ごせるほど、月季の面の皮は厚くない。

三杯目を飲み干すと、月季は居住まいを正した。

「王母娘娘、申し訳ない。三日間お邪魔するつもりで参りましたが、外せぬ用があり、これにてお暇せねばなりません」

怒りを買うことも覚悟していたが、そこは気っ風のいい西王母だ。気を悪くするでもなく、ゆったりと微笑んで頷いた。

「構わぬ。ゆっくりして行けと言いたいところだが、太子殿下もご多忙だろう」

「非礼をお許しください」

「上帝陛下と天后娘娘にも、よろしく伝えてほしい。……連理」

西王母が手招きし、近くに連理を呼び寄せる。なにごとか囁いた後、彼女は月季の前に歩み寄るなり、膝を曲げて深々と拝礼した。

「王母娘娘⁉　どうか顔を上げてください」

月季が慌てて西王母の腕を取る。

顔を上げた西王母は、豹のように光る瞳で娘婿を見つめた。

「太子殿下、伏してお願い申し上げる。この子は長きに渡り私を助け、人界に下りては衆生の救済に奔走してきた。慣れぬ天宮で至らぬこともあるだろうが、どうか末永く慈しんでほしい」

「……肝に命じます」

天界最高位の女神に頭を下げられては、そう答えるしかない。月季はすっかり毒気を抜かれ、さっきまで感じていた羞恥も怒りもどこかに消えてしまった。

連理にとって崑崙は暮らし慣れた場所だ。本来なら三日間滞在するはずが、月季の一存で半日もいない間にとんぼ返りすることになった。だが連理は文句を言うでもなく月季の方便に付き合い、ひとりひとりに別れの挨拶を済ませた。

そして最後に西王母が持たせたたくさんの土産を乾坤袋に吸い込ませると、ふたりは来た時と同じように天禄の背に跨った。

天空を駆け、天宮へと戻る道すがら、月季が居心地悪そうにちらと後ろを振り返る。

「おい、そんなにくっつくな」

本来なら、連理も自身の騎獣である丹鳳を使うべきところ、あえて天禄に相乗りしたのには訳がある。連理が、「西王母から夫婦仲を心配されては体裁が悪い」などと、もっともらしい理由を付けて月季を説得にかかったからだ。外聞を気にする月季は渋々、往路は天禄に相乗りして崑崙まで飛んできたのだが。

「しがみついていないと落ちてしまう」

「……」

落ちるなどと冗談にもほどがある。よしんば、もし振り落とされたとしても、長距離の転送術が使えるほどの霊力の持ち主だ。わざと抱きついているに決まっている。

――もしやこれも、崑崙の女弟子たちと過ごす中で学んだ手管《てくだ》なのか。

さきほどの傑物発言を思い出し、月季は眉間に皺を寄せる。いまさら意図を問い詰めるのも馬鹿馬鹿しく、月季は前を向いたまま、代わりに別のことを聞くことにした。

「……王母娘娘に縁談を頼み込んだという話、本当なのか」

「事実だ」

「なにが狙いだ」

「そなたに決まっている」

「ああ？」

腰に回された連理の腕に力が籠る。背中にぎゅうっと胸が押し付けられ、月季は眉間の皺を深くした。

むっちりとした胸筋の感触が、布越しでもはっきりと伝わってくる。気のある女性ならばまだしも、自分とさほど体格の変わらない男にされて嬉しいと思えるはずはない。それなのに、いまはなぜかどぎまぎする。連理にも、まさか伝わっていやしないだろうか。

「どんな罰を受けてもいい、天を欺いてもそなたに嫁ぎたかった」

心臓が小さく撥ねた。焦るあまり、ぶっきらぼうに訊ねてしまう。

「何故《なにゆえ》……」

「決まっている、好きだからだ。それ以外、どんな理由がある」

すぐさま単純明快な答えが返ってきて、月季は怯んだ。

だとしても、なぜ私などを好きになったのか。

連理は大胆だが、考えなしではない。事実が明るみに出れば、自分が罪に問われるだけでは済まない。西王母は天宮に恥をかかせた責任を追及され、崑崙は面目を失う。

『何千年と生きてきて、初めて恋をした』

唐突に、あの夜の言葉が思い出された。

無意識に、手綱を握る手に力が籠もる。

（……誇張ではなかった、と……？）

それほどまでに誰かに想われ、求愛されたことはない。

連理の、初めての恋の相手。

ふいに頬がむずむずし、月季は慌てて表情を引き締めた。それでも、唇の端がわずかに上がってしまう。

前を向いたまま黙り込んだ月季を、連理が揶揄った。

「どうした、ときめいたか？」

「貔貅の背からどう振り落としてやろうかと考えていただけだ」

「ははは！」

連理が愉快そうに笑い、遠慮なく抱き付いてくる。

『そなたに太子の器を感じた。尻の青い少年が急に眩しく見えて、できることならずっと傍で支えたいと……』

あの言葉も、心にもない世辞だろうと思っていた。

謙虚ではないが、自惚れてもいない。あの九天玄女が、自分を認めてくれていたなんて本気で信じるわけがない。内心、馬鹿にされているのではないかと、疑ってさえいた。

——でも、それならどうして、いままでなにも言われなかったのだろう？

巫山でともに任務をまっとうした後も、蟠桃会で顔を合わせる機会は幾度かあった。連理は瑶池で賓客を出迎える役を担うことが多かったし、宴席で近くに座ったこともある。しかし、まともに口をきいた記憶はない。

蟠桃会で、連理はいつもにこやかに、しかしどこかもの言いたげな目で月季を見ていた。なんとなく気づいていたが、あえてこちらから声を掛けたことはない。連理からも、積極的に近づいてこようとはしなかったし、昔、一度だけ指導したことのある少年の成長を見守っている程度の気持ちだろうと勝手に解釈していた。

もしかしたら、連理は……月季に煙たがられることを恐れて、黙っていたのだろうか。だれとも結ばれることなく、想いを胸に抱いたまま、いままで過ごしてきたのだろうか。

（……千年も……）

蟠桃会は三月三日に行われる。

天界中の神仙が西王母の誕辰《たんしん》を祝いに訪れ、舞や美酒を堪能し、蟠桃を食する。蟠桃園の桃の木に生る桃は長生不老が得られるため、月季もその日だけは必ず瑶池を訪れる。

一年間待ち焦がれ、ようやく会えても避けられる。そんな相手によく千年も想いを寄せ、胸に秘め続けたものだ。あの図々しい男がそこまで気を遣うなんて、本当に、らしくない。

「……ふり落とされたくなければ、しっかり掴まっていろ」

「うん」

瑶池で見た可憐な仙女たちとは一味違う、力強い腕が月季の腰を抱く。

なにやら背中がむずむずし、月季は軽く障泥《しょうでい》を打った。天禄が頭を下げ、空を駆ける速度を上げる。

（恐ろしい男め）

天帝から賜った縁談ならば、月季も逃げようがない。

連理にとって、それは千載一遇の機会だったに違いない。後先を顧みず、大胆な行動に出たのも納得がいく。

この男の武器は、美貌だけではない。逬る才知だ。聡明で臆するところがなく、蕩蕩《とうとう》としていながら実はだれよりも権謀術数を巡らせている。

後宮の毒気に浸りきった小賢しい女を、月季はずっと嫌悪してきた。「太子殿下」に下心を抱く輩を近づけたこともない。

ただ、連理に限っては、いつも調子を狂わされる。


その日の夜、連理は堂々と寝殿にやってきた。

相変わらず、ただ月季の隣に身を横たえ、胸の上で軽く両手を組んでいる。

もう寝たふりはやめ、月季は身体の向きを変えた。

同じ枕の上に、目を閉じて眠る連理の頭が乗っている。いつもながら、感心するほど寝つきが早い。こうしていると、まるで長年連れ添った熟年夫婦のようで、わけがわからなくなってくる。

「……貴様は、なにがしたいのだ」

向いたまま、月季がぼそりと問う。

連理は片眼を開け、不思議そうに月季を見る。

「どういう意味だ」

「ただ添い寝して満足なのか」

連理は両目を開き、ゆっくりと寝返りを打った。濡れたように光る瞳が、まっすぐに月季を見つめる。

「添い寝以上のことをしてもいいということか」

「そうは言っていない」

強い口調で否定すると、連理は小さく笑い声を立てた。

長い腕を伸ばし、月季を胸に抱き寄せる。不覚にもドキリとして、月季は咄嗟に手で突き放そうとした。

「なにをする……」

大きな掌に優しく頭を撫でられ、月季は動きを止める。

「怒るな、身体に悪い」

いつもの連理なら、抱き締めたとしてもすぐに離してくれる。

だが、今日は少し違った。

月季の拒絶が弱いと見て取ると、にわかに顔を寄せてきたのだ。咄嗟にぎゅっと目蓋を閉じた月季の額に、一瞬だけ柔らかな感触が触れる。

「！」

離れるときの軽い音で、月季はなにが起きたかを悟った。

「お……おまえっ」

いつもの月季なら、この時点で剣を抜いていただろう。だが、今夜はなぜか、口をパクパクさせるだけで罵倒のひとつも出てこない。

それどころか、連理の温かな体温に包まれ、優しい声音で囁かれると、このまま身を委ねてしまいたいような気になってくる。

月季は開きかけた口を閉じ、押し黙った。

微睡みの余韻が残る目が、月季を見つめている。ふ、と曖昧な笑みがこぼれたかと思うと、連理の懐に頭を抱き寄せられていた。あやすように頭をポンポンと撫でられる。

「王母娘娘に言われたことなら、気にしなくてよい」

どの言葉を指しているのか、わからなかった。

腕から抜け出すことができないのは、きっと連理の馬鹿力のせいだ。弾力のある胸に顔を埋めたまま、月季はくぐもった声で答える。

「別に、気にしていない」

「ならばよい。いい子だから、なにごとも考えすぎるな」

――妻気取りの次は、母親気取りか。

窒息しそうになりながら、心の中で悪態をつく。もっとも、母親からこんなことをしてもらった記憶はない。だが少なくとも、子ども扱いされているのはわかる。

忌々しい。

忌々しいのに、いつの間にかこの強引さに慣れ、悪くないとさえ思うようになっている。それが心底、悔しくてたまらない。

「無礼者め……」

いっそ、蹴り出してやろうか。

下半身に力を入れようとしたときだった。

（……？）

下腹部に、熱くて硬いものが当たっている。灼熱の鉄の棒のようなそれの正体に気づいた瞬間、月季はざっと血の気が引くのを感じた。

「ちょっ、おい、当たって……」

抱き締める腕の力がますます強まる。腰を引こうとする月季を力づくで押さえ込み、連理は低く笑った。

「当然だ。私がそなたにベタ惚れなのはもう知っていよう。私とて、好きな相手と同衾して勃たないほど枯れていない」

やんわりと押し付けられ、月季は真っ赤になった。これまで幾度となく、隣で平然と眠っていた男が、まさか被子の下ではとんでもないことになっていたなんて。

「は、放せ……！」

力任せに突き飛ばし、身体をひねって起き上がる。だがすぐに腕を掴まれ、被子の中に引き戻された。

「あ……っ」

横向きの体勢で、腕ごと背後から抱き締められる。同時に長い脚が絡んできて、蹴り飛ばそうともがく脚を押さえ込んだ。裾が大きく割れ、被子の下での攻防に汗が滲む。

「暴れるな」

腕が使えない状態で、蛇のようにのたくれば、着崩れるのは当然だ。

寝衣の襟元が緩み、戦神らしく鍛えられた胸が露出する。布越しとはいえ、尻の狭間に生の灼熱が押し付けられる初めての感覚に、月季は息を呑んだ。

「放せっ、触るなっ」

自分に向けられた男の欲に、本能的な恐怖を感じる。だが同時に、わけのわからない昂ぶりをも感じて焦った。

まずい。このままだと後戻りできない状況に追い込まれる。

焦燥に駆られ、月季は陸に上がった魚のように忙しなく身を捩った。だが、もがけばもがくほど逆に相手は刺激され、硬さが増していく。

激しい息遣いと衣擦れの音が入り混じる中、連理が宥めるように囁く。

「いい子だから、おとなしく寝よう」

「こんな状態で寝られるか……っ」

「……こんな状態、とは？」

——しまった。

口を滑らせたと気づいたときには遅かった。

片方の手がするりと下に降り、月季の下腹部を探る。慌てて身体をひねり、ごまかそうとしたが遅かった。

連理の手が、寝衣の前を力強く持ち上げるモノに触れる。形を確かめるように布越しに握り込まれ、月季は唇を震わせた。

「おや、朗君……」

「ち、違う！　これは」

真っ赤な顔で言葉を呑み込む。

連理の欲に釣られたように、月季自身も雁首を擡げていた。

どうしてだかわからない。ただ、自分に対する連理の欲情を意識した途端、全身の血が逆流するような感覚に陥り、気づいたときには勃起していたのだ。

──なんという、恥知らずな。

心とは裏腹に、連理の温もりと香りが昂奮に拍車をかける。

以前、術を掛けられたときは、どんなにいやらしいことをされようがピクリともしなかった。それなのに、いまは背後から抱き締められただけで痛いほど反応するなんて。

「〜〜〜〜っ」

知られたくなかったことを知られてしまい、頭の中が真っ白になる。なにも言い訳が思い浮かばない。鯉のように口をパクパクさせる月季の耳許で、連理が囁いた。

「朗君は、このところ忙しかったからな。きっと疲れているせいだろう」

その言葉に、月季は目を瞬く。

尊い神の身であっても、疲れていると、このような誤作動が起きるものなのか？

そんな話は初耳だし、経験もない。だが他ならぬ連理が言うのだから、そういうことにしておこう。月季は精一杯の威厳を保って頷き、わざとらしく咳払いした。

「そ、そうだ、だから手を放……」

「では、私が治めてやろう」

「え？　あ……！」

耳の裏に、連理の柔らかい唇が触れる。熱い息を吹きかけられ、月季は身を竦めた。ぞくぞくと鳥肌が立ち、背筋が震える。

「い、いらぬ……！　自分でなんとかする」

「同じ牀にいながら自涜する気か？　私の前で？」

笑いを含んだの低い声に、ぐっと詰まる。

言うまでもなく、連理の目の前でするつもりはない。だが、いま席を外したとしても、こんな姿を見せた後では意味がない。連理の頭の中で、どのような自分の姿を想像されるか、考えただけでの身体中の血が沸騰しそうだ。

息を殺している間に、背後からもう片方の連理の手が伸びてきた。

「遠慮せずともよい。夫君に仕えるは妃《わたし》の務めだ」

緩んだ寝衣の合わせ目から、しなやかな手が忍び込んでくる。硬く凝った乳頭を指先で転がされ、身体がびくついた。中指と親指で乳頭を挟み込まれる。赤い粒先を人差し指でくりくりと弄られ、甘い感覚が込み上げた。

「ん、……っ」

声が出そうになり、月季は慌てて歯を食い縛る。

甘い感覚、それは明らかに性的な快感だった。女ならばともかく、役にも立たない男のそれで快感を得てしまった。穴があったら入りたい。

だが連理の指先はその小さな粒を摘まみ上げ、優しく巧みに捏ね回した。好き勝手に弄られたそこが、徐々に腫れて熱をもってくる。爪でピンと弾かれて、布越しに握られた陽物がびくんと跳ねた。

「うぁッ」

痛みにも似た感覚がじわりと下腹部に波紋を広げる。先走った液が漏れ出て、内衣を濡らしたのがわかった。どうすることもできないまま、鼓動と呼吸が加速していく。

「意地を張らず、悦楽に身を委ねてしまばよい」

砕けんばかりに奥歯を噛み締め、月季は首を振った。口でも力でも敵わない相手に、男としての矜持まで奪われるわけにはいかない。

月季は身を捩り、腕から抜け出そうと必死になった。押さえ込まれている脚はどうあがいてもびくともしない。さらに乳首をきつく抓《つね》られると、身体から力が抜けてしまう。

「いっ……！」

「ああ……やはり、朗君は可愛いな」

普段の月季なら、侮辱されたと怒り出すような言葉だが、いまは半分も聞こえていなかった。

真っ赤に染まった項に舌を這わされ、耳の裏に口接けられる。

濡れた音が鼓膜に響き、月季は鋭く息を呑んで首を擡げた。滑らかな曲線を描く喉をさらし、後頭部を連理の肩に擦り付ける。

無意識にせり出した胸を鷲掴みにされ、無遠慮に揉み抱かれた。弾力に満ちた胸筋に指が食い込み、乳首が押し潰される。背中が弓のように撓り、尻臀が連理の下腹部に押し付けられた。熱く硬いモノが尻の狭間にごりっとめり込む。

「あ！」

慌てて前に逃げようとした瞬間、衣越しに陽物を握る手に力が籠った。性器を締め付けられる快感に、月季は思わず呻きを漏らす。

被子の下、じっとりと濡れた陽物の先端部分に布地が張り付いている。腰を動かせば陽物がぬるりと滑り、絹に擦れて震えるほど気持ちいい。腰を引くことも前に逃げることもできないまま、月季は固まる。

「いっそ、このまま腰を振ってみるか？」

悪辣な囁きに、脳袋が熱く煮え滾った。

いまの状態をわかった上で、連理はわざと誘っているのだ。

「……っ」

陽物の先からまた先走りが溢れ、じゅわりと染みを広げるのがわかる。

――そんなみっともない、恥ずかしい行為をできるわけがない。

理性が強く反発する。

だが男の身体は悲しいほど欲に正直で、目の前の餌に涎を垂らしてしまう。

「それとも、このままおとなしく寝るか……？」

月季を試すように、絶妙な力加減で上下に動かされた。途端に快感が込み上げてきて、絡められた脚に力が入る。だが、すぐに止められてしまい、思わず唸るような声が出た。

もっと、もっと強い刺激が欲しい。

理性と快感と羞恥。月季の中で三つ巴の戦いが繰り広げられる。

最初に白旗を上げたのは理性だった。

「……っ」

是とも否とも答えないまま、月季がわずかに腰を突き出した。

押し包む連理の手の中、陽物がずるんと前に滑る。ねっとりと濡れた絹地で優しく擦られ、鳥肌が立つほど感じた。腰を引けば雁首の段差が指の輪に引っかかり、敏感な部分が強く擦過される。それが気持ちよくてたまらない。

「ふっ……」

淫欲に負け、月季はゆっくりと腰を動かし始めた。

両の手を握り締め、現実から逃れるように固く目を閉じて集中する。ぎこちなかった腰の動きも、溢れる先走りのせいで徐々に滑らかになってきた。

禁欲に徹してきた身体は、快楽に抗う術を知らない。いつしか月季は息を荒げ、抽挿の動きそのままに、恥ずかしい行為に没頭していた。

「は……、っあ、ァ」

激しい息遣いに、掠れた声が混じり込む。尻の割れ目に押し付けられた連理のモノがぐっと質量を増し、動きに合わせて擦り付けられるのがわかった。生々しい雄の感触に、月季は身震いする。

「さすがは太子殿下。覚えがよい」

――うるさい、黙れ。

月季の眉間に深く皺が寄る。だが、止めることはできなかった。

強すぎる快感に動けなくなると、乳輪ごと抓られて抽挿を促される。そのくせ、達しそうになれば握る力を緩められ、果てることができない。

「はっ……、は……、っ……ぅ、……っ」

「ほら、がんばれがんばれ」

笑いを含んだ低い声が腹立たしい。

「口を、閉じろ……っ」

もどかしさのあまり、月季の目尻に涙が滲む。

またた。

逃げ道を塞がれて、連理の掌で転がされている。いまも見えない糸で操られるが如く、気づけばいいように嬲られて――。

「んン……ッ」

促されるまま、快感に我を忘れ、月季は連理の肩に頭を預けた。身をくねらせ、短い息を断続的に吐き出しては、唾を飲み込む。

布越しではらちが明かない。もっと強く握って欲しい。だが、それを口に出すことは矜持が許さない。察してほしさに、月季は薄く目を開けて連理を見る。

「は……ぁ……ッ」

目が合うと連理は微笑み、上気した頬に軽く唇を押し付けた。

違う。もっと直接的な刺激が欲しい。

伝わらない苛立ちに、気づけば譫言《うわごと》のように口走っていた。

「違、う……もっと……」

「もっと？　ふふ、大胆だな」

胸を弄っていた手が喉を撫でて顎を捕える。極限まで仰のかされ、口接けられた。薄い唇を幾度も柔らかく食み、わずかに開いた隙間から舌が忍び込んでくる。

「うっ……ぐんンッ……」

月季の喉奥から、くぐもった呻きが漏れた。

顎を掴まれたまま、より深く舌を差し込まれる。逃げ惑う舌を捕えられ、優しく吸われると、身体から力が抜けてしまった。連理の舌は甘く、まるで口移しで甘露を与えられているかのようだ。唇を重ね合わせたまま、幾度も互いの喉が大きく動く。

「ふ、……う、ん」

熱い舌で口の中を犯され、息ができない。痛いほど張り詰めた陽物が彼の手の中で脈打っている。月季は苦し紛れに、連理の手を掴んで爪を立てた。衣の中に導こうとするが、つれなく振りほどかれてしまう。

ようやく口接けから逃れた月季は、息を切らせながら連理を睨んだ。

「頭が悪いのか？　それとも、私を焦らしてでもいるつもりか……？」

精一杯のやせ我慢を見透かしたように連理が笑う。

「わかっているとも。果てたいのだろう？」

「ならば、さっさと」

「私の願いを聞いてくれたら叶えてやる」

居丈高《いたけだか》な物言いが気に障ったが、背に腹は代えられない。

「………言え」

「郎君の顔が見たい」

しばらく沈黙したのち、月季は忌々しげに舌打ちした。承諾とみなした連理が手を離し、月季はのろのろと寝返りを打つ。

牀褥に身を横たえたまま、ふたりはこれ以上ないほどの至近距離で向かい合った。

（……悪趣味にも程がある）

被子のお陰で見えないのが幸いだった。互いに裾は乱れ、被子の下はとんでもない状態になっている。

連理がつと片手で月季の手を掴み、下へと引き込んだ。硬いモノを握らされ、油断していた月季は、まるで火傷でもしたかのように声を上げた。

「な……！」

素早く脚を絡められ、下肢を固定される。月季は、どうにか自由になる左手で連理の肩を掴んだが、圧《お》そうが爪を立てようがびくともしない。

だが連理は恥ずかしげもなく片腕で月季を強く抱き寄せ、耳許で囁いた。

「触って」

「断る！　なぜ私が貴様なんかの……！」

「私の前で自涜するのは嫌なのだろう？　だから、そなたは私が可愛がる」

意味がわからず、月季は戸惑いの視線を連理に向ける。その赤らんだ目許に軽く唇を押し付け、連理は一言一句区切るように囁いた。

「朗君はどこをどうされるのが気持ちいいのか……私の身体で教えてほしい」

意図を知った月季が唇を震わせる。

この恥知らずは、身体で手本を示せと言ったのだ。

「い、いやだ」

「同じことを朗君にしてやる。自涜じゃないから恥ずかしくない。どうだ？」

「……」

無言のまま、月季は喉を大きく上下させた。

なにが恥ずかしくない、だ。相手の手を使って自慰するようなものではないか。

だが、自慰ならば好きなように快感を追える。このもどかしさを、終わりにできる。

被子の下、掴まれたままの右手に腰を押し付けられた。連理のモノが脈打っているのを感じ、喉の奥がからからに干上がる。

さあ、と低い声で唆された。

――見られていると思わなければいい。

聊以自慰(まずは自らを慰めよう)、月季は震える目蓋を閉じた。

早く達したい一心で、連理のモノを握り込む。

熱くて、硬い。まるで凶器だ。大きすぎて、手の中に納まり切らない。

親指を含む指三本で、大きく張った亀頭部を包み込む。抱き締める腕を緩め、連理もまた月季の動きに倣った。

「……ッ」

根元まで先走りをまぶしつけ、下から上に扱き上げる。ぬるりと濡れた先端を親指で撫で、月季は陶然と溜息を零した。連理の長い指が器用に動き、月季の動きをなぞる。欲しいところに欲しい愛撫を与えられ、震えるほど気持ちいい。

月季は唇を舐め、扱く手の動きを速めた。袚子の中で密やかな濡れ音が立つ。

「は……っは……っ、っぁ……っ」

自身に返ってくる快感の、わずかな遅れがもどかしい。肌はいつしか汗で濡れ、乱れた髪が張り付いてくる。

できることなら袚子を跳ねのけ、一気に昇り詰めたい。だが、いまの状況をはっきりと目にしてしまえばもう後戻りできない気がして怖かった。

連理に抱かれ、互いのものを擦り合い、快感に震えている。そんな自分を受け入れることは、男としての矜持が許さない。

「ふ」

微かな声に、月季は薄目を開けた。

連理もまた目を細め、月季の顔を見ていた。目の縁を情欲の色に染め、息を乱している。

連理の喉仏がゆっくりと上下する様は妙に官能的で、月季もつられたように喉を鳴らした。手の中にあるモノが大きく跳ね、とぷりと溢れた先走りが月季の手を濡らす。

(……あ……)

同じ愛撫で、連理も感じている。自分だけが、いやらしくて恥ずかしいことをさせられているのではない。

意識した瞬間、顔を見られることへの抵抗感が薄れ、束の間の安堵が高揚へと変わる。どちらからともなく額を擦り合わせる。頭がぼうっとして、思考が働かない。軽く額を推されただけで、月季の顔はかくんと仰のいた。

「んっ……くっ……」

無抵抗のまま、気づいたときには連理の唇を受け入れていた。陽物を扱かれながら舌を絡められる。熱い息が混じり合い、あまりの気持ちよさに涙が滲む。

「ふ、ぁっ……あ!」

下肢の違和感に、月季の意識が明瞭になる。

いつのまにか、月季を愛撫していた連理の手が背後に回り、双丘の狭間に忍び込もうとしていた。月季は慌てて手を離し、連理の腕を掴んだ。太腿に筋が浮かぶほど力を入れる。

「お、同じことを、私にすると……っ」

「うん」

「話が違うではないか……っ。私はそんなこと、してな……あっ」

ぐち、といやらしい音を立てて指が中に挿入《はい》ってくる。否、聞こえたような気がしただけかもしれない。月季は全身をこわばらせ、連理の動きを阻もうと腕や肩に爪を立てた。だが、連理は意に介さず、軽く抜き差しを繰り返しながら指を奥へと進めてくる。

以前にも一度、同じことをされた。

あの夜のことを思い出し、月季は声もなく震える。連理の指がどこまで届き、どんなふうに動いて自分を絶頂へと導くかは、身をもって知っている。

「う、うそつきめ……っ」

両手を拳に固め、連理の鎖骨を殴る。

すぐに、有無を言わせない声が月季を黙らせた。

「出したいのだろう？」

腰を強く抱き寄せられ、汗に濡れた下半身がひたりと合わさる。互いの陽物がずるんと擦れ合い、硬い下腹部に押し付けられた。心臓の鼓動が肌を通じて伝わってくる。あらゆる感覚と感情が押し寄せてきて気が狂いそうだ。

「あ！」

連理の指先がある一点を捕えた。長い指が中で曲がり、そこを強く押される。まるで背骨に電流を流されたような痺れに襲われ、月季は思わず連理の肩に縋りついた。

「い、いやだ、そこは」

恥ずかしい記憶とともに、腹の奥で暴れまわっていた欲望が出口を求めて駆け上がってくる。自身が熱く膨れ上がる感覚に、月季は膝をすり合わせた。腰が勝手に動き、連理の下腹部に自身を強く擦り付ける。連理の艶っぽい溜息が耳許をくすぐり、それが月季にとどめを刺した。

「あ、……っ、〜〜〜〜！」

睫毛を濡らし、掠れた喘ぎとともに吐精する。連理の肩に爪を立て、月季は額を鎖骨に押し付けた。なすすべもなく、ただ小刻みに身を震わせる。

「朗君……私も……」

迸った精が呼び水となったように、連理も達する。月季の腹に突き刺さった陽物がびくびくと跳ね、熱い液が降りかかった。

衾褥の中、互いに掛け合った白濁が、腹筋の筋に沿って敷布へと流れ落ちていくのがわかる。あまりのいやらしさに眩暈がした。

「気持ち良かったな、郎君？」

「……っ」

気をやったばかりの身体はまるで鉛のように重い。

月季の額に唇を付け、連理は大きく息をついた。片手で被子を持ち上げ、篭った熱気を外に逃がす。鼻を突く精の匂いに、月季は顔を赤くした。

違う。こんなのは違う。前回はただ射精《だ》させられただけで、快感などなかった。だが、今夜はどうだ。快楽に負けた惨めさに身の置き所がない。

「前戯だけで、そんなに可愛い顔をするとは。食べてしまいたくなるな」

「……変態め……っ」

「そなたの罵りは春風のようだ」

連理は笑い、月季の鼻先に口接けた。褥子に肘をつき、腰を浮かせる。

「いずれ、初夜を仕切り直さねばな」

「あ……⁉」

茫然と四肢を投げ出す月季の下腹部に、生ぬるく濡れた感覚が走る。慌てて衾褥の中を覗いた月季は、中の光景に目を剥いた。

「お、おまえっ……！」

脱力した脚の間に蹲《うずくま》った連理が、赤い舌をのぞかせたまま視線だけを上げる。目を合わせたまま、連理は白濁に塗れた下腹部に舌を這わせた。臍の下でだらしなく伸びている陽物にも手を伸ばし、筋に沿って舐め上げる。

淫猥なその光景から、目を離すことができない。放ったばかりの陽物が、再び硬く張り詰める。先端から絞り出された白い残滓《ざんし》を、連理は零すことなく舐め取った。

「……ッ」

両膝を肩に掛けられ、あられもない体勢で陽物を口に含まれる。猥りがわしい音とともに精管を啜られ、月季は眦を裂いて硬直した。

「怖がらなくていい。汚したところをきれいにするだけだ」

「いい、しなくていいっ……」

食べてしまいたくなるとのたまったその口で、厚顔にも程がある。

曝け出され、ひくつく後孔に白濁で滑る指が入り込む。茎吸しながら二本の指をぬくぬくと出し入れされて、月季は掠れた声を上げた。

「い、いやだ……っ、それ、……っまた……っ」

上半身を浮かせ、連理の頭を引きはがそうと髪に指を差し込む。だが連理はすぐに悦いところを探りあて、巧みにそこを刺激してくる。浮き上がった足指がくの字に曲がり、やや内股になった膝が戦慄いた。

「あぁ……！」

二本の指を中で広げられ、バラバラに動かされた。感じる場所を叩かれるたびに下腹部が痙攣し、連理の口の中で陽物がびくびく跳ねる。指を三本に増やされ、月季は喉で悲鳴を押し殺した。

「ひ、っぁ……っ」

浮き上がった腰を押さえ付けられ、より深く咥えられる。弾力のある柔らかな舌で先端を捏ね回され、音を立てて吸い上げられた。

「ッ、離せ……もう、あ、ぁ……っ！」

おかしい、玉液とは違うなにかが込み上げてくる。月季は焦り、激しく首を振った。

（駄目だ、なにか、来る、クる……ッッ）

枕上に髪が乱れ散る。腹筋が大きく波打ち、身体が燃えるように熱くなる。連理の頭を太腿で挟み付け、月季は顎を突き上げた。

「――ッ！」

立て続けに放ったせいか、目蓋の奥がチカチカする。

激しく胸を喘がせながら、月季はぐったりと脱力した。

「さすが……朗君は若いな」

被子の中から、びしょびしょに濡れた顔が現れる。

自分がかけたものだと気づいた瞬間、月季は脳天まで茹で上がった。

後孔を弄られながら、連理の口の中に潮を吹いたのだ。

羞恥を超えた敗北感に打ちのめされ、言い返すだけの気力もない。

紅灯籠のように赤くなったまま、月季は乱暴に袖で連理の顔を拭った。目鼻が取れるのではないかというほど擦りながら涙目で歯噛みする。

「クソ、こんな屈辱……」

「屈辱に思うことはない、私は九天玄女だからな。黄帝に教えたように、そなたにも閨房の技を手解きしたまでのこと」

聞き捨てならない台詞に月季は目を吊り上げた。

——なんだと？

小刻みに震える人差し指を連理の左胸に突き立てる。

「貴様、黄帝にも私と同じことをしたのか？」

「なんだ、嫉《や》いているのか？」

「だれがだ！」

怒りに任せ、月季は連理の胸を殴った。

連理は軽く咽せながらも、むしろ嬉しそうな顔で続ける。

「身体で教えたわけではない。あのときは素女《いもうと》と一緒だったし……そう、術を授けたと言ったほうが正しいか」

「別に聞いてない」

「こんな奉仕をするのは郎君にだけだ。あの後、黄帝は数百人の女と交わったのだぞ。私の性技がいかにすごいかは」

「うるさい！　寝ろ！」

連理の顔に被子を被せ、背中を向ける。だが、すぐに背後から被子ごと抱きしめられた。

忌々しい連理の笑い声が腹に響く。

「放……っ」

「悦かったか？」

色っぽく掠れた囁きに、月季は思わず身を竦ませる。

あれだけ乱れておいて、いまさら強がることもできない。答えないでいると、連理は月季の心の動きを見透かしたように小さく笑った。声が急に低くなる。

「照れるな。私はすごく悦かった。次はもっと先に進んでも？」

「！」

その先とはつまり、交合するということだ。男同士とはいえ、なにをどうするかくらいの知識はある。ただ、連理が言うと、とてつもなくいやらしいことを求められた気がして喉の奥までが干上がった。

内心の動揺を誤魔化すように軽く咳払いする。

「逆に聞くが、駄目だと言ったらしないのか」

「もちろんだ。朗君が嫌がることはしない」

月季は驚いたが、すぐに眉間に皺を寄せた。いったい、どの口でそれを言うのか。

「貴様、以前、私にしたことを忘れたとは言わせないぞ」

「私とて反省する謙虚さは持ち合わせている。今夜だって、本当に嫌なことはしなかっただろう？　朗君に請われなければなにもしない」

　連理はあえて茶化すような言い方をして笑った。だが、被子越しに当たっている連理の下半身は、まだ満足していないようだ。それでも、今夜はこれ以上のことをするつもりはないと言う。だが、次があると思うだけで月季の心はまた騒がしくなった。

「フン……そなたの言うことがどこまで信じられるか、見ものだな」

　暗くて良かった。憎まれ口を叩く傍から耳が真っ赤になっているのを知られずに済む。

　連理は言い返さず、目を丸くした後に喉で笑った。受け入れるかどうかは別として、次があっても構わないと示唆したことに気づいたらしい。

「寝る」

　月季はぶっきらぼうに短く告げ、連理の腕の中で目蓋を閉じた。


　長春宮に怪異あり、との噂が月季の耳に入ったのは、それからまもなくのことだった。

「馬鹿馬鹿しい」

　書房で書をしたためる手を止め、月季は舌打ちをする。

　厳重な結界に護られた天界に、妖魔怪異の入り込む隙はない。天宮の中は天軍将兵が護りを固め、夜となく昼となく巡回している。

「真夜中に精華宮の宮女が近くを通りかかり、怪しい声を聞いたそうですよ。生暖かい風が強く吹いていたとか」

「寝ぼけていたのだろう」

「訴えを聞いた紅琰様もお困りの様子で」

「放っておけ」

噂など、放っておけばそのうち消える。長くうち棄てられている長春宮に、近づくものなどそうはいない。いたとしても、きっと聞き間違いだろう。

天禄は硯に水を足し、ふと思い出したように言った。

「そういえば、さきほど九天玄女サマがお出かけになったみたいですよ」

「どこに」

「精華宮です」

「……」

月季が筆をおき、無言で席を立つ。

天禄がニヤニヤしながら訊ねた。

「やっぱり奥方のこととなると気になるんですね」

月季は咳払いし、乱れてもいない衣服を整える。

「怪異が入り込んだ話が本当なら、天軍を預かる私の落ち度となる。二弟から詳しく話を聞かねば」

「太子殿下ともあろう御身分の方が、わざわざ足をお運びに？」

「…………」

わざとらしい口調が忌々しい。

精華宮まで行かずとも、宮女を呼び付ければ済む話だ。

ぎろりとひと睨みすると、天禄は肩をすくめて拝礼した。

「お気をつけて」

「……フン」

袖を払い、一瞬で姿を消す。次の瞬間、月季は百華王の庭にいた。

今日は紅琰が天界に戻っているはずの日だ。ちょうど、庭園で紅牡丹の世話をしている頃合いだろう。連理も一緒にいるなら、顔を見るいい口実にできる。

「こ、これは太子殿下」

従者も連れず、いきなり姿を見せた月季に、精華宮の衛兵らが慌てて拝礼する。

「静かに、礼は免じる。私が来たことは内密にせよ」

「は」

紅琰の侍衛である冬柏《ドンバイ》に見つかると厄介だ。

衛兵に口止めすると、月季は透過術で姿を隠した。花樹以外にも、さまざまな植物が植えられた園庭の道なき道を歩き始める。ほどなくして、月季の予想通り、紅琰と連理の話している声が聞こえてきた。

「……本当ですか」

「ええ」

とっさに木の影に身を隠し、枝葉の隙間から様子を窺う。

連理は、牡丹に水をやる紅琰と並び、土の手入れを手伝っていた。以前、配下から報告は受けていたが、ずいぶんと仲がいいようだ。

「宮女が言うには、その怪異はおそらく子供だろうと」

「ほう。何故に」

「母親を探していたそうですよ。ははうえ、と呼ぶ声が聞こえてきたとか」

――あっ……。

声を上げそうになり、月季は慌てて袖で口を押さえた。

だが、なにも知らないふたりは痛ましそうに顔を見合わせている。

「なんと哀れな……」

「長春宮は兄上が立太子される前にお住まいだった宮殿です。きっと悪いものではないでしょう」

「たしかに。ああ、紅琰殿、顔に汚れが」

「東宮妃《あなた》もですよ」

顔についた土汚れを袖で拭い合うふたりは実の兄弟よりも仲睦まじい。見つめ合い、微笑むふたりの姿を見ながら、月季は心がざわつくのを感じた。

（なんなんだ、これは……）

ただの疎外感ではない。紅琰が朗らかなのはいつものことだ。問題は連理のほうだろう。自分と一緒にいるときよりも、のびのびとして楽しそうに見える。

不愉快だ。面白くない。そう思った瞬間、唖然とした。

――これは、嫉妬だ。

自分はいま、紅琰に嫉妬している。

動揺のあまり、月季はふらつきながら後退った。うっかり、落ちていた木の枝を踏んでしまう。

ぱき、と枝の折れる乾いた音に、紅琰が鋭く振り返った。

「……だれかいるのか？」

しまった、と思ったが、もう遅い。

月季は透過術を解き、ふたりの前に姿を現した。

「兄上」

「太子殿下」

驚いた紅琰に続き、連理も並んで拝礼する。

ふたりに顔を上げさせ、月季は咳払いした。

「盛り上がっているところを邪魔をするのも悪いかと思ってな」

気まずさを皮肉でごまかし、切れ長の目で連理を流し見る。

「花園の管理は百華王の管轄であるはず。なぜおまえがここに？」

「兄上、どうか誤解なきよう。ご厚意でときどき手伝ってくださるのです」

「そなたには聞いていない」

紅琰を黙らせ、月季は連理を睨み付けた。

「長春宮の件は私が対処する。余計なことをするな。東宮に戻れ」

「兄上……」

とりなそうとする紅琰を片手で制止する。

「口出しは無用だ。この者は私の……」

言いかけて口籠もる。

こいつは私の――なんだ？

妻、と言うには語弊がある。月季自身、男神である連理を「妻」とは呼びたくない。だが、なにも知らないはずの二弟の前で下手なことは言えない。

月季は深く考えることなく、勝ち誇ったように言い放った。

「……私のものなのだからな！」

紅琰が息を呑み、瞠目する。

いささか傲慢な言い方だったかもしれない。だが他に言いようがないのだ。月季はまだ連理を廃妃することを完全に諦めたわけではない。いくら往生際が悪いと天禄に呆れられようとも、廃妃が実現すれば名実ともに連理は月季の妻ではなくなる。

「……太子殿下のおっしゃることは正しい」

ややあって、連理が噛み締めるように言った。

仁王立ちする月季の隣に肩を並べる。

「まさしく、私は朗君のものだ。では紅琰殿、これにて失礼する」

喜悦満面の連理に腰を抱かれ、月季はぎょっとした。

「は、離せ！」

「いまさら照れずともよい。肝胆相照《かんたんあい》らす仲ではないか。さ、愛の巣へ戻ろう」

次の瞬間、ふたりの姿は東宮の前庭にあった。ときは宮人が行き交う真昼間、それも前庭で向かい合ったまま抱き締められている。離そうとしない連理に焦れ、月季は真っ赤な顔で連理の胸を叩いた。

「離せと言っている！」

だが、連理はますます腕に力を入れ、月季の細腰を引き寄せた。端整な顔がぐっと近づく。

「つれないな、さっきはあんなに独占欲丸出しだったのに」

「違う、私は、そんなつもりでは」

耳許に吐息がかかり、肌が粟立つ。嫌でもあの夜のことが思い出され、月季は腕から逃れようと髪を乱して暴れた。だが連理は動じることなく、なおも低い声で囁く。

「長春宮の怪異はそなただろう」

頭から水を浴びたように、月季は凍り付く。連理なら、もし長春宮で母を呼ぶ者がいるとしたら、それは月季しかいないことくらい、すぐに察せられるだろう。

つまり、最初から、連理はすべてお見通しだったのだ。

月季の身体から力が抜け、拳を胸に押し付けたまま俯く。

抵抗がやむと、連理は抱きしめる腕を緩めた。いたわるように静かに訊ねる。

「母君が恋しいか」

「違う」

「恥ずかしがることはない、男子はえてしてそういうものだ」

「違うと言っている！　母は私を太子にすることしか考えていなかった。私のことなど……っ」

声を荒げ、連理を睨み付ける。

──おまえになにがわかる。

親の期待に応えようと努力してきた。

しかし月季がなにを望み、なにを欲しているかなど、だれも気にしない。

無様な姿を見せた自分を恥じるように、連理の腕を振り払った。解けた腕から逃れ、まるで手負いの獣のように殺気だった目で睨み付ける。

以前の経験を踏まえてなのか、連理はすぐに引き下がった。

「悪かった。もう母上のことは口にするまい。でも、これだけは覚えておいてほしい。私はそなたが好きだ」

「……」

「私はそなたを裏切らない。傍にいたいし、大切に思っている。そなたが私の気持ちに応えてくれなくても、それは永遠に変わらない」

ささくれだった心に、柔らかな声が沁み入ってくる。

「──普天率土《ふてんそつど》すべてが敵に回ろうとも、私だけはそなたの味方だ」

千年もの間、しつこく片想いをしていた事実を知った後だからだろうか。

使い古された口説き文句でも、この男が言うと重みを感じられるから不思議だ。

月季は顎を上げ、それでもなお不遜に笑ってみせた。

「根拠もなしによく言えたものだ」

「では、私を殺す方法を教えよう」

連理は躊躇いもなく顔を近づけ、月季の耳許で数言囁いた。

刹那、月季は目を瞠り、連理の身体を突き飛ばした。

「貴様、それは……っ」

連理の掌が、素早く月季の口を押さえる。シー、と囁き、彼は小さく微笑んだ。

「そなたに私の命を預ける」

「……っ」

「それが私の、愛の証だ」

心が震える。自身が映り込む瞳から、目が離せない。

月季の口を塞いだまま、連理が顔を寄せてくる。見つめ合ったまま、掌越しに口接けられた。もう、認める他はない。

（……私の、負けだ……）

これ以上の証だてがあるだろうか。

真偽を疑うのであれば、いまここで試せばいい。連理は生死を委ねる覚悟で明かしている。その誠意を裏切るほど、月季も愚かではない。

離れていく連理の手を、月季は咄嗟に掴んだ。

「宵練だ」

今度は連理が息を呑む番だった。

「朗……」

「宵練だけが、私を殺せる」

天禄を除けば、この事実を月季の口から認めたことはない。

ただ、天界では風の噂に聞いたことのあるものも多いだろう。宵練は存在自体が不確かな伝説の剣であり、天の太子は実質だれにも殺すことができないというのが定説ではある。

それでも、自分の口から伝えておきたかった。

止めようとする連理の手をきつく握り返し、目を見て伝える。

「これでおあいこだ。私たちの間に隠し事はない」

連理の揺れる瞳が、食い入るように月季を見つめている。

命を懸けてまで月季に愛をくれた、初めての相手。そう思っただけで、心が震える。この気持ちをどう言い表せばいいのか、わからない。

ただ、これだけは言える。

たとえ三界を敵に回そうとも、連理だけは自分を裏切らない。この先なにがあろうとも、連理だけは自分から離れていかない。

この男を受け入れない理由はもう、なにひとつないのだ。

連理が握り合った手に視線を落とし、困ったように小声で言う。

「私が、勝手に言っただけで……そなたまで、口にせずとも良かったのに」

「言いたかっただけだ」

照れを押し隠し、月季もまた繋いだ手に視線を落とした。意味もないのに離し難い。つい先ほどの接吻が思い出される。

掌越しに感じた、連理の唇。

触れてもいないのに、連理の気持ちが流れ込んできた。温かく包み込むように柔らかい、甘さと切なさの入り混じった狂おしい想い。

もし、直に唇を合わせたら、いまの自分の気持ちも伝わるだろうか。

「……朗君」

「連理……」

同時に言葉を発し、はっと我に返る。

こんな真昼間から、自分は外でなにをしようとしているのだろう。

月季は慌てて「なんでもない」と首を振った。

「朗君に、ひとつ提案があるのだが」

「言ってみろ」

発言を譲られた連理が、握り合った手を軽く上げながら微笑む。

「今夜は手を繋いで休みたいのだが、如何かな?」

もう隠し事がないからと、恥知らずな提案をするのではないか――そんなことを考え、どきどきしながら身構えていた月季は耳を疑った。

――次はもっと先に進む、などと思わせぶりなことを言っていたくせに、手を繋ぐ？

いや、なにかの暗喩か、隠語かもしれない。

やや間をおいて、月季は緊張したまま聞き返した。

「手を繋ぐだけか？」

連理が繋いだ手をぱっと離した。三本の指を立てて天に誓いを立てる。

「嫌がることはしない。約束を破ったら雷に打たれてもいい」

「……わかった。いいだろう」

無邪気に喜ぶ連理から目を反らし、月季はさきほどまで繋いでいた手をそっと握った。

恥ずかしい。あれほど嫌っていた男に、まさかこんな期待めいた思いを抱くようになるとは思ってもみなかった。けれど、不思議と心は穏やかに凪いでいる。

どうせ、これから気が遠くなるほど一緒にいるのだ。次の機会など、いくらでもある。

その夜、ふたりはひとつの牀に並んで横になった。

そして約束通り、手を握り合ったまま朝を迎えたのだった。

「天后娘娘がご来臨あそばされました――」

天后の来訪を告げる侍従の声が響き渡る。

いつものように連理と剣の修練をしていた月季は我に返り、剣を納めた。剣を背に回した連理と並び、侍女を伴って姿を見せた天后に拝礼する。

「天后娘娘」

普段、天后が自ら東宮を訪うことは滅多にない。急な来訪で緊張した面持ちのふたりに、天后は優雅な物腰で微笑みかけた。

「顔を上げなさい。毎朝、剣を交えているというのは本当のようね」

「はい」

連理にちらと視線を流し、月季が頷く。この広い天界で、九天玄女以上に剣術の修練相手として相応しい者はいない。

天后は目を細め、袖で口許を隠して笑った。

「仲がよくて結構なこと」

「御用とあらば、こちらからお伺いしましたものを……」

「出仕のない日に呼び付けるのも忍びなくて、散歩ついでに足を延ばしたの」

「さようでしたか。よろしければ中へどうぞ」

月季はともかく、連理は天后の挨拶を欠かしていない。後宮では切り出しにくい話なのか、あるいは太子への忠告か。月季はかすかに表情を曇らせつつ、宮殿内へと招き入れた。

「それで、わざわざお越しくださるようなご用件というのは……」

茶を運んできた宮人を下がらせ、月季は上座に座る天后を見た。側妃が大勢いる中、いまも天帝の寵妃の座に君臨するだけあって、名状しがたい迫力がある。

口許を袖で隠し、薫り高い茶を楽しんだ天后は、ゆっくりと茶器を傍らの小卓に置いた。

「そんなに身構えないで。東宮妃に贈り物を持ってきたの。あとで侍女に煎じさせるといいわ」

言い終わると同時に、背後で控えていた数人の侍女が進み出た。月季の隣に座る連理の前で、携えてきた大小の箱を開けて見せる。

阿膠《あきょう》、鶏血藤《けいけっとう》、鹿茸に蜂膠《ほうきょう》、人蔘——どれも一級品の薬材だ。特に懐妊中の養胎や、妊孕性を高める滋養目的で女性に処方されることが多い。意図の明らかな「贈り物」に、月季は苦い気持ちになった。

「天后娘娘、お気遣いに感謝いたします」

黙り込んだ夫に代わり、連理が席を立って礼を述べる。どう感じているかはともかくとして、表情はいつも通りにこやかだ。

婚姻を結んではや数か月、当然ながら懐妊の兆しがない東宮妃に、天帝がやきもきしているのは知っている。察した天后が先回りして手配したのか、それとも他に意図があってのことか。いずれにせよ、圧をかけられていることには違いない。

表情を硬くする月季に、天后が微笑みかける。

「上帝陛下のお子は多いけれど、男子は太子殿下と琰儿《イェンアール》のみ。琰儿が魔王太子と婚姻を結んだいま、陛下は一刻も早い東宮の嫡子誕生を心待ちにしておられる」

「……は」

「妾も、せめて正妃腹の男児が生まれるまでは、と思っていたのだけど……」

「連理の他に、妃を娶る気はございません」

言及する前に、月季が強い口調で遮った。

「義母上、なにごとにも時機というものがございます。陛下にご憂慮いただいたことは私の不徳と致すところですが、お気遣いが却って夫婦《われら》の仲を裂くことになれば本末転倒では」

側妃の件について、特に考えていたわけではない。ただ、連理以外の妃を薦められると察した瞬間、思わず口を衝いて出てしまったのだ。

「わ、妾はなにも……仲を裂くだなんて、そんな……」

勢いに押され、やや青ざめた天后が言い澱む。

これまで、血の繋がった紅琰よりも月季のほうが天后に対しては従順だったほどだ。そんな月季が、自分に口答えするなどとは思ってもみなかったのだろう。

「天后娘娘、お茶をもっといかがですか？」

連理の柔らかい声がピリッとした空気を和らげる。

我に返った天后が、ぎこちない笑みを浮かべて連理を見た。

「いえ、結構よ。……とにかく、東宮と言えど嫡嗣がいてこそ、その地位は揺るぎないものとなるのです。ふたりとも、そのことをよく考えなさい」

もっともらしくそう告げると、天后は腰を上げた。すかさず連理が席を立ち、彼女の腕を取って支える。

「お見送りいたします」

「必要ないわ。それより、薬をきちんと飲んで身体を養いなさい」

「ありがとうございます。どうか、お気をつけて」

連理と並んで天后を見送った後、月季は連理を見もせずに眉を顰めた。

「なにをニヤニヤしている」

「私を廃妃するのではなかったのか?」

貴様など廃妃にしてやる――憎まれ口を叩いていた日々のことを思い出し、月季はやや顔を赤らめながら鼻を鳴らした。

「してほしいのか?」

開き直って連理を見る。

連理は幸せそうに微笑み、首を振った。月季の手を取り、そっと唇に触れさせる。

「他に妃はいらないと言ってくれて、嬉しかった。ますます惚れ直してしまった」

大袈裟な愛情表現に月季は赤くなる。

以前の自分なら、天后に対してあのような強い言葉は使わなかった。

しかし、気持ちが定まったいまは、連理を一番大切にしたい。宮中に敵を作ってでも、連理を悲しませることはしたくない。そう強く思っている。

「別に……後宮の醜い諍いを見たくないだけだ。だれがなんと言おうと私は妃を増やさぬ」

「しかし、後々のことを考えればやはり、そういうわけには……」

「いらぬ。この話は終わりだ」

天后の実息である紅琰は太子の座を固辞し、その上、反対を押し切って魔界に嫁いだ。

天后も表面上は祝福していたものの、内心では面白くないのだろう。側妃が増えれば女の諍いも増えることくらい、後宮を治めている天后が一番よくわかっているはずだ。

(嫁いびりか、嫌味のつもりか……?)

それにしても、と月季は天后が置いて行った薬材を横目で見る。

この問題を手っ取り早く解決するにはやはり、後継を作ることが先決だ。

ただ、連理も男神である以上、それは難しい。だが、いまとなっては廃妃など考えられず、側妃を娶るのも嫌だ。九天玄女が男である事実を隠したまま、どう切り抜けるか。

不安を吹き飛ばすように、月季は短く笑った。

「私は実子にこだわってはいない。養子を取ってもいいしな」

「……」

てっきり喜んでくれるものと思った連理が、ふと表情を曇らせる。

「どうした？」

「いや、ただ……そなたはともかく、上帝陛下は反対なさるだろう」

「珍しく気の小さい事を言うではないか。そなたなら言葉巧みに父帝を説得することもできるだろうに」

天帝の血筋と帝位に関わる問題だ。月季とて、簡単にいく話ではないことくらい、わかっている。

連理は曖昧に微笑み、正面から月季の顔を見た。

「一生は長い。ただ、なにがあっても、朗君への愛は変わらない」

こっ恥ずかしい言葉も、いまでは信じてみようという気になれる。

「信じて、いいのだな」

「もちろんだ」

天界にいるどの女神よりも麗しい顔が近づいてくる。月季は素直に目を閉じ、柔らかな唇を受け止めた。

自分は独りではない。そう思えることがこんなにも心強く、支えになるものなのか。

「でもまずは、初夜をやり直さねばな」

軽く触れるだけの接吻を交わした後で、連理が笑う。生々しいことを考えそうになり、月季は慌てて離れた。

「そ、それはまた別の話だ」

「ハハ、朗君は照れ屋だな」

期待しているくせに、言葉にされると恥ずかしくて逃げたくなる。それでも、連理が嬉しそうにしていると、自分も同じように嬉しくなるから不思議だった。もしかしたらいま、自分は初めて妻に恋をしているのかもしれない。

あまりのくすぐったさに、月季は顔を赤くしたまま意味もなく咳払いした。

――嫡嗣など、後からどうとでもなる。

いまは、連理との関係をより確かなものにしたい。

『巫山に不穏な気が立ち込めている』

天宮に一報がもたらされたのは、それから数日後のことだった。

太歳星君が封印された巫山近辺はいま、禁所として天軍の将兵隊に護られている。

すぐに招集がかけられ、天界中の主だった上神上仙が一堂に会した。

「太歳星君が再び力を盛り返し、封印が破られようとしている……と」

天兵からの伝奏に、天帝は朝堂に集まった天族たちの顔を見回した。

その中には月季だけでなく、連理の姿もある。

通常、朝議に妃が参加することはない。だが九天玄女は以前、月季と共に太歳星君を封印した当事者であり、特例として出席していた。

ただ事ではない報告に、朝堂にざわめきが広がる。

「太歳星君は昔、太子殿下が巫山の地中に封じたはずでは……なぜいまになってこんなことに」

「なんらかの要因によって復活を遂げたのかもしれません」

「前回の封印が甘かったのでは……」

「あのころ、殿下はまだほんの子どもだったではないか。補佐した九天玄女に手落ちがあったのやも」

全員の視線が月季と九天玄女に向けられた。

当の連理は反論するでもなく、平然と面を上げている。だが、月季は嫌疑をかけられて黙っていられる質ではない。

「上帝陛下、ご提案がございます」

玉座の前に進み出た月季が拱手する。

「申せ」

一瞬で静まりかえった朝堂に、月季のよく通る声が響いた。

「確かに、以前、太歳星君は私と九天玄女が地中に封じました。ですが、復活したとなれば必ずなにか原因があってのことと思われます。詳しく調査する必要があるかと」

「一理あるな」

問題はだれが行くかだ。

最強の凶神を相手にするとなれば、かなりの修為を有した者でなくてはならない。

月季は顔を上げ、黄金の玉座に座る天帝を仰視《ぎょうし》した。

「どんな原因があるにせよ、対処が必要なことは明らかです。名誉挽回のためにも、そのお役目、私にお任せいただきたく」

「うむ。ならば、こたびの太歳討伐は太子に任せよう」

その言葉を待っていたとばかりに、天帝が満足げに頷く。異を唱えようとしていた者たちは、連理の冷ややかな視線で一斉に口を噤んだ。

月季は片膝をつき、恭しく拝礼する。

「拝命いたします」

当時、太歳星君には強力な封印を施したはずだ。もし本当に解けたのだとしたら、なにか外的要因があるに違いない。

あのときは連理の霊力に助けられたが、今回は独力で成し遂げてみせる。そして、自分たちに落ち度がなかったことを証明してやる。

退朝を告げる声が朗々と響いた。

集まっていた神仙たちはみな、雲や騎獣などに乗って帰途に就く。緊張が解けた朝堂で、天帝がふと思い直したように再び玉座に腰を下ろした。

「太子と九天玄女は残るように」

「……はい」

わざわざ散会後に呼び戻すところを見ると、なにか込み入った話でもあるのだろうか。

ふたりは玉座の前に進み、七段ある階段の前に並んで拝謁する。

「父帝、ご用件とは」

「うむ、東宮妃に聞きたいことがある」

天帝は顎髭を扱きながら、おもむろに連理をちらりと見た。

「天后とも話し合ったのだが、やはり太子に側妃を娶らせようと思うが、どうか」

「陛下、そのことについてはすでに……」

割って入ろうとした月季の腕を連理が素早く掴む。

「連……っ」

月季にだけわかるように、連理が小さく首を振った。口を挟むな、と視線で制してくる。

天后の来訪は前触れに過ぎない。遅かれ早かれ、天帝からこの話が出ることはふたりともわかっていた。

月季を黙らせた連理が拱手して口を開く。

「構いません。後宮が栄えるのは喜ばしいこと」

「そう言ってもらえると、こちらも気が楽になるというもの」

連理の言葉に耳を疑う。

――いま、なんと言った……？

凍り付いたまま、横目で連理の表情を窺う。

だが、連理はいつもと変わらない穏やかな顔のまま、天帝の前に一歩進み出た。床に跪き、重ねた手の上に額を付けて叩頭する。

「とんでもない。私から言い出すべきでした。気を回せなかった私の落ち度です」

「よい、立ちなさい」

すぐに連理を立たせた天帝が、満足そうに頷く。

「寛大で感心なことだ。そなたを東宮妃に選んだ私の目は正しかった」

「恐れ入ります」

婦徳《ふとく》、婦容《よう》、婦言《げん》、婦巧《こう》。清く正しく寛容であり、文句や悪口を言わず、装いと立ち振る舞いが美しく、夫と家族を敬う――東宮妃に求められる資質として、天帝が示したこれらの条件を満たしていると自負するならば、そう答えるしかない。

そんなことはわかっている。しかし、月季は思わず拳を握り締めていた。

「妾妃が増えるくらいで、いちいち目くじらを立てるようでは先が思いやられるからな」

「父帝、……っ」

我慢できず、反論しようとした月季の口を連理が素早く術で抑える。

「どうした？」

「なんでもありません」

月季を背後に隠し、代わりに連理が答える。

天帝もそれ以上は追及せず、玉座から立ち上がった。

「では、天后とも相談の上、相手を決めることにしよう」

「畏まりました」

天帝を見送った後で、連理は失声術を解いた。

「すまなかった。ただ、そなたが異を唱えれば陛下の不興を買う……」

「だろうな。そなたはできた妻だ」

謝る連理を月季は激しい目で睨み付け、足早に退出する。すぐに連理が後を追い、ふたりは瞬間移動術で東宮へと戻った。

（あれほど側妃は娶らぬと言ったではないか……！）

連理も、月季のその言葉を喜んでいたはずだ。

それなのに、いまになって梯子を外されるとは思いもしなかった。

園池の傍らで、仙木が白い花を咲かせている。やや盛りを過ぎて白い花弁がしきりと舞い、あたかも春雪のようで美しい。この下で幾度となく、剣を交えてきたのに、心はいまだ通じてはいなかったのか。

「全員、下がれ！」

月季は声高に人払いを言い付けると、足音も荒く書房へと向かった。追ってきた連理が扉を閉められる前に月季の広袖を掴む。

「朗君、待ってくれ。私の話を……」

「離せ！」

激しく振り払われ、連理は小さく声を上げて立ち止まった。爪が鋭く掠めた手の甲に、赤い線が浮かび上がる。月季はハッとして、咄嗟に連理の白い手を取った。

「悪い……」

「驚いただけだ、大事ない」

連理は首を振り、さりげなく袖の中に手を隠した。

この程度のかすり傷なら、霊力で跡形もなく癒せるだろう。だが気になったのは、手の傷そのものではない。手を離したときにほんの一瞬、垣間見えた傷心の表情だ。

「……入れ」

連理を書房に通し、ふたりきりになる。

月季は自分を落ち着かせるように息を吐き、声を絞り出した。

「……父上に伝えた言葉は、そなたの本心なのか」

「本心だと思っているのか？」

逆に問われ、月季は言葉に詰まる。

――わからない。

三宮六院七十二妃を誇るいまの天帝ほどではなくとも、東宮であるときから側妃を娶ることは特に珍しいことではない。しかし、連理は躊躇いもなく天帝の提案を承諾し、あまつさえ、自分から側妃を勧めるべきだったとまで言ったのだ。

本当に愛しているのなら、夫に他の女を抱かせて平気でいられるわけがない。

「……私を好きだと言ったのは嘘か」

「嘘ではない」

「ならば、どうして……！」

混乱と責めたい気持ちとがないまぜになり、言葉にならない。昂ぶる月季を落ち着かせるように、連理はゆっくりと口を開いた。

「そなたは天の太子だ。継嗣を作らねばならない立場にある。他の妃との間に実子が持てるならば、それが最善なのだ」

「私たちにだって方法がないわけではないのだろう」

咄嗟にそう言ったのは、西王母の霊丹妙薬のことを思い出したからだ。

西王母には夫がいない。にも拘わらず、彼女が産んだ娘は二十人を超える。なにしろ、沢山の法具を所蔵し、不老長寿の薬を作り出せる子授けの神だ。きっと想像もつかない奇跡を起こせるのではないか。

そんな甘い考えを見透かしたように、連理は軽く肩を竦めた。

「王母娘娘の妙薬のことを言っているのなら、やめておいたほうがいい。身体にどんな影響があるかわからないし、側妃を娶るほうが安全だ。そなたをひとり占めしたいのはやまやまだが……それは無理な相談だろう？」

「…………」

連理が天帝に述べたことは道理だ。後宮が栄えるのは天界にとって喜ばしいことであり、子孫繁栄は帝位を継ぐ者にとって義務に等しい。

ただ、道理だと頭では理解していても、感情が納得するかどうかは別の話だ。

「私が、側妃を娶ってもいいと」

「構わぬ」

「私が側妃の寝殿に通いつめてもいいのか」

「ああ」

連理の口調は穏やかで、薄い笑みを浮かべた顔からは、感情の欠片さえ読み取れない。

勝手にすればいい、とでも言われた気がして、月季は袖の中で拳を震わせた。

『なにがあっても、朗君に対する私の気持ちは変わらない』

信じていい、と言ったその口で、今度は他の女との間に子を作れと言う。あのときの曖昧な笑みの裏で、彼はそんなことを考えていたのだ。

裏切られた思いがふつふつと込み上げてくる。

——私のことを好きだと言うなら、他に妃を娶らせようとするな。

——嫌なら嫌だと言えばいい。女のところに行くなと引き止めればいい。

いつも減らず口ばかり叩くくせに、こういうときは口を閉ざして本音を言わない。

ふたりだけで話していても、心の内にあるはずの怒りや悲しみを見せようとしない。

そんな連理を見ていると、理不尽な苛立ちが込み上げてきた。

「嫉妬しないのだな？」

「しないわけではないが、私ひとりで耐えればいいこと。その覚悟もなしに、そなたに嫁したわけではない」

意地の悪い問いかけにも動じることなく、連理は凛然《りんぜん》と言い切った。

気圧《けお》された月季が一瞬だけ息を呑む。

「……そこまでの想いがあるならなぜ……」

連理は月季の唇に指をあてた。優しくその口を黙らせる。

「そこまでの想いがあるからこそ、だ」

「……っ」

月季は唇を噛んで俯いた。

わかっている。後宮の女の嫉妬に巻き込まれることを、あれほど毛嫌いしていたくせにいまになって嫉妬して欲しいだなんて矛盾している。

——だが。

「……理解できない」

月季は顔を上げた。歪んだ笑みを浮かべて連理を見つめる。

「なにが覚悟だ。他の者に譲れる程度の想いだということだろう！　口で言うほど、おまえは私を欲していない。私を裏切らないと言ったくせに、もう忘れたのか？　それともあれは上辺だけの嘘だったのか？」

連理が目を見開いた。なにか言おうとした唇が、途中で空ぶる。

いままで連理にとって月季は、太子である前に『朗君』だった。絡め手で月季の褥に忍び込み、心にまで攻め込んで白旗を揚げさせた。

それなのに、月季が想いに応えようとした途端に『太子』を持ち出し、今度は遠ざけようとする。避けていた日々よりも、相思相愛となったいまのほうが、連理の考えが理解できない。

なぜ一番大事な本音を胸にしまい込み、口を噤んでしまうのか。

「なんとか言ったらどうだ……！」

激情に月季の目が赤く染まる。

連理が微かに首を横に振り、月季に手を伸ばした。だが月季はその手を叩き落とし、連理の顔を睨み付けた。

「いいだろう。望み通り、いくらでも妃を娶ってやる」

悪かった、さきほどの言葉は撤回する、朗君はだれにも渡さない、他の女のところになんか行かせない――そう言ってくれると信じていた。その言葉を待っていたのだ。

だが連理は唇を引き結び、切ない目で月季を見つめるだけで何も言わない。

「――ッ」

沈黙に耐えられなくなった月季が荒々しく袂《そで》をさばく。踵を返したその一瞬で、彼の姿は溶けるように宙に消えた。

取り残された連理の頭上を、仙木の花びらが雪のように舞う。

その夜、連理は寝所に現れなかった。

◇◇◇

山紫水明な東宮の中庭で、連理は月見酒を嗜んでいた。

ただ、せっかくの天満月《あまみつつき》の輝く明月も連理の瞳には映っていない。

紅い花燈《かとう》が柔らかな光を放つ卓上には空の酒壺が並んでいる。帰寧の際に持たされた、西王母の仙桃酒だ。

東屋の冷たい玉石の卓子《たくし》に頬杖をつき、どこか物憂げな表情で杯を煽る。顔色ひとつ変えないまま、ふいに連理は声を張った。

「覗いていないで、せっかく来たなら酌でもしてくれ」

背後の柱の影から、天禄が音もなく姿を現す。

「九天玄女ほどの神様でも、飲んだくれる夜があるんですね」

「ふ」

強い酒を水のように呷り、手の甲で口を拭う。常人ならば三杯も飲まないうちに酔い潰れるほどの酒を、連理は顔色一つ変えずに何本も空けていた。

近づいてきた天禄に手で席を勧め、連理は投げやりともとれる口調で呟く。

「私にも、どうにもならないことはある」

昼間の口論、あれは売り言葉に買い言葉だとわかっている。

月季は父親に似ず、女嫌いで情が深い。

一途に愛を求めるがゆえに、連理に憤懣《ふんまん》をぶつけただけだ。

許されないとわかっていても、連理に駄々を捏ねてほしかったのだろう。月季が、自分にどんな言葉を期待していたのかくらい、口にされずともわかる。

だが、連理にはできなかった。

本音を口にすれば天帝と板挟みになり、月季を苦しませることになる。わかっていたからこそ、応えてやれなかったのだ。不甲斐ない自分を責めることしかできない。

「――生まれて初めて、我が身が女であればと思った」

自嘲する連理の杯に、天禄が黙って酒を注いだ。

男に生まれたことを後悔したことはない。愛し合うことに性別は関係ない。だが、月季は天の太子だ。魔王宮が例外なだけで、天界であれ人界であれ、天子は多くの妻を娶る。至尊の血族をより多く残すためだ。

遅かれ早かれ、側妃の話が持ち上がることは覚悟していた。

どうあがいても自分は男で、いつまで東宮妃でいられるかはわからない。それでも、愛する男の傍にいられるためならどんなことにも耐えられる。覚悟の上で崑崙を出たにも拘らず、ぐずぐずとこうして酒に逃げている。

「ままならぬものだな」

方術伝授に和合、鎮宅、斬邪魔鬼。招福、救世、起死回生に必勝祈願。紡織業者の職業神に製香業の守護神と、あらゆる方面に霊験あらたかな九天玄女だが、残念ながら子孫繁栄は専門外だ。

月季が言う通り、方法がないわけではない。だが、前例がないだけに、どんな反動があるかは未知の領域だ。禁忌を犯した反動として、本来の姿や神としての力を失うかもしれない。そんな危険を犯してまで、連理との子を望むほどの想いが、月季にあるかどうか。

（残念ながら、答えは否、だろうな……）

最悪、自分はどうなってもいい。だが、月季にだけはどんな無理も強いたくない。愛する者の心や身体を傷つけるくらいなら、自分が身代わりになる心づもりはある。

しかし、その結果、月季を支える力を失ったら？

いまと変わらず、自分は彼の傍にいられるだろうか。

杯を弄ぶ長い指を見つめ、天禄がおもむろに口を開いた。

「ひとつ、聞いてもいいですか」

「言ってみよ」

「王母娘娘は、あなたが男神だと知ってるんですか」

連理は手許の杯に視線を落とした。水面が暗く揺れている。

曲線を描いた口許に、わずかな影が差していた。

「あの方は、他者の性別など意識しておらぬ。御身がそのどちらでもなく、どちらでもあるからだ」

だれも、あの絶世の美貌からは想像すらしないだろう。

西王母は両性具有で、必ずしも生殖に相手を必要としない。多くの子を産み育んだ豊満な肉体には、男と女の機能がすべて備わっている。

つまり、男だろうと女だろうと関係ないのだ。神として生まれたからには、たとえ交わらずとも当たり前に子を成せる――それが西王母の生きている世界であり、九天玄女に対しても例外ではない。上官が持って生まれた特異体質に、連理が助けられてきたのもまた事実なのだが。

「驚いたか」

目をまん丸くしたまま二の句が継げない天禄に、悪戯っぽく笑いかける。

天禄は赤くなり、視線を彷徨わせながら唇を尖らせた。

「お、俺なんかに、そんなこと喋っちゃっていいんですか」

「おまえも以前、秘密を打ち明けてくれただろう」

おあいこだ、と言って連理は杯を干した。タン、と音を立てて空の杯を卓に置く。

「このようなこと、王母娘娘の配下ならばみな知っている。わざわざ口にしないだけだ」

周知の事実だからこそ、だれも意に介さない。

ただ、窮屈な天宮では、奇異な目で見られることもあろう。西王母が滅多に崑崙を離れないのは、そんな理由もあるのかもしれない。

「神様にも、いろいろあるんですねェ」

天禄が酒を満たした杯を、連理はまた軽く呷る。

「場所が変われば常識も変わる。異質なものを受け入れるには時間がかかるものだ」

天宮ではみな微笑の裏に本心を押し隠し、平穏な日々を尊ぶ。慣例に従い、秩序を乱すものは存在を許されない。そして皆、恥をかくことを恐れている。月季が初夜でまんまと連理の策に嵌ったのも、この悪弊が染みついているせいだ。

「私が男だということを、朗君が隠し通す気でいるのも、ま、そういうことだ」

「太子殿下は面倒くさ…面子にこだわるお方ですしね」

連理は口端を上げ、首を傾げて天禄を見た。

「わかっていないな。そこが朗君の愛らしいところだろう」

「俺、もう腹いっぱいなんで帰ります」

天禄は苦笑いしながら立ち上がった。

「あまり、飲みすぎないようにしてくださいね」

「……神獣に心配されるようになるとは思わなかった」

空の杯を卓に転がし、連理は酒甕《さけがめ》を持ち上げて直呑みした。口の端から酒が零れ、喉を伝って襟を濡らしていく。

天禄は溜息をつき、踵を返した。廻廊を歩き出しながらふと思い出したように振り返る。

「明日、巫山に向かいます」

口許を拭う連理の手が一瞬、止まる。

月季からは、なんの沙汰もない。

連理の助けを必要としていないからだろう。彼はもう少年ではない。

「……そうか」

連理は溜息に苦笑を混ぜ込み、顔を上げた。

青白い月に照らされた天禄を見る。

貔貅は太歳を鎮め、厄災を吉に変えるとされている。

太歳討伐の相棒としては最適だろう。

「太子殿下を、しかとお護りせよ」

「心得ました」

天禄が軽く拱手し、姿を変えて夜空に飛び立つ。

【三】 大歳、復活

太歳討伐の任務を請け、月季は再び巫山へと向かった。

連理を帯同した千年前とは違い、今回は単独行だ。否、ひとりと一匹と言ったほうが正しいかもしれない。天禄に騎乗し、一息に空を駆けて巫山に降り立つ。

「なんか既に嫌な感じですよ」

上空を一巡りし、山頂に着地した後、天禄は人型に戻った。だが、野生の勘のようなものが、彼に警告を与えたようだ。尻込みする天禄を一喝し、白い甲冑を身に着けた月季は記憶を頼りに鬱蒼と生い茂る原始林を歩き出した。

「太歳の復活は事実らしいな。前に来たときより、ひどい状態だ」

詳しく調査するまでもない。目的地に近づくに従い、立ち枯れた樹木が目立つようになってくる。洞窟から噴き出してくる強い瘴気のせいだろう。

やはり、太歳星君が封印を破りつつあるという報告に間違いはないようだ。

「ここだ」

洞穴をふさぐ蔦を剣でなぎ払い、月季と天禄は洞窟内に足を踏み入れた。中は暗く、ひんやりとして湿っぽい。月季は霊力で灯りを灯し、足元を照らしながら用心深く進む。

洞窟の外と同じように、やはり中も以前とは様変わりしていた。

地面や岩肌はぬめり、まるで鍾乳洞のように石筍《せきじゅん》が育っている。空気は重たく澱み、高い天井からは時折、水滴が降ってくる。

「ひぇっ」

ふいに天禄が悲鳴を上げた。落ちてきた雫が首筋に落ちたらしい。飛び上がった拍子になにかを踏んでよろける。足をどけてみると、そこには動物の骨らしきものが転がっており、天禄は再び悲鳴を上げた。

「貔貅のくせにビクビクするな」

けたたましい声に、先を行く月季が呆れた顔で振り返る。貔貅という言葉は、勇ましい兵の例えとしても用いられるというのに情けない。

追いかけてきた天禄が、首筋を拭いながら唇を尖らせる。

「神獣だって驚くときは驚きますよ！」

おそらく、巫山に生息する生物たちが迷い込み、出られないまま命を落としたのだろう。見渡してみれば骨だけでなく、石柱に閉じ込められ、化石化している霊獣もいるようだ。

「もしかすると、迷い込んできた霊獣を太歳星君が食らうことで霊力を蓄えたのかもしれない」

「だとしても、この瘴気は異様ですよぉ。ねぇ、太子殿下、やっぱり奥方…九天玄女サマに同行してもらった方が良かったんじゃないですか?」

「うるさい、行くぞ」

連理の名を聞いた途端、月季の顔は不機嫌になった。唇を引き結び、前を向いて先を急ぐ。

記憶が正しければ、この奥に、やや広い空洞があったはずだ。連理と共に太歳星君をそこに追い詰め、最後は地下に封印した。記憶を裏付けるかのように、奥に行けば行くほど陰気が強くなってくる。

月季のすぐ後ろをついて歩きながら、天禄がわざとらしく聞いてきた。

「また喧嘩ですか?」

月季の眉間の皺が深くなる。

「黙って進め」

連理とは、側妃の件で言い争ったあと、顔を合わせていない。

夜になっても、彼が月季の寝所を訪れなかったからだ。

気にかけてはいたものの、矜持が邪魔をし、自分から訪うこともできなかった。

久しぶりに伸び伸びと一人寝するのも悪くない。そう思ったのに、いざ横になると牀褥が妙に広く感じられ、よく眠れないまま朝を迎えた。出立の時刻になっても、連理は姿を見せないまま、見送りにも来なかった。

結果的に、いまも喧嘩別れのような形のまま、思い出すと心がざらつく。

後味の悪さを覆い隠すように、瘴気の霧が濃くなった。

「気をつけろ！」

月季の鋭い一声に、天禄は刹那、翼を大きく広げて宙に浮いた。

洞窟の最奥、大歳星君を封じたはずの地に、黒い霧のようなものが立ち昇っている。

月季は軒轅剣を召喚し、身構えた。息苦しいばかりの陰気が、肌に纏わりついてくるのがわかる。

黒い霧は羽虫の集団のように空中でうねり、やがて巨大な像を結んだ。三面六臂の禍々しいその姿は、太歳星君に間違いない。正面の顔の目と口に当たる部分が裂けるように開き、ひび割れた不気味な声が響く。

『迷い込んだ獣を食らってやろうと待ち構えてみれば、懐かしい小僧ではないか』

黒い霧が広がり、足元から忍び寄ってくる。絡め捕ろうとする霧を薙ぎ払うと、焦油《タール》状のねっとりとした液が刀身を汚した。舌打ちして風を斬る。

「だれが小僧だ」

ククとといやらしい笑い声が三つ重なり、洞窟に反響する。

『九天玄女はお守り役から外されたとみえるな？』『千年前の借りを返すいい機会だと思ったが仕方ない……』『貴様だけでも殺してやる。おとなしく儂《わし》の贄となるがよい！』

言い終わらぬうちに、太歳は実体化して襲いかかってきた。六本の腕が絡み合いながら伸び、まるで巨人の手のように広がって覆い被さってくる。鋭く剣で断ち切ると、途端にそれは粘性の液に変わり、ぼとぼとと月季に降り注いだ。

霊力でそれを防ぎ、月季は空中へ飛び上がる。すぐに地面に落ちた粘液が細い蔓状に伸び、襲いかかってくる。足首に巻き付こうとする触手を剣で払い、月季が叫んだ。

「天禄！」

「はい！」

攻撃が月季に向かっている間に忍び寄っていた天禄が岩陰から飛び出した。牙を剥き出し、太歳に食らいつく。だが喉笛を食い千切った瞬間、太歳は蜻蛉《かげろう》のように揺らいでどろりと溶けた。攻撃をやり過ごした次の瞬間には首が再生し、もとの姿に戻っていく。

『九天玄女の代わりが狗《いぬ》ころとは』

「狗じゃない、貔貅だっ」

ムッとした天禄が、空中でとんぼ返りして再び向かっていく。だが太歳はものともせず、実体がないかのように霧散しては凝集する。落ちた腕は地に根付き、蔓となって襲いかかってきてきりがない。

ゆらめく三つの顔が口々に叫んだ。

『貔貅！　ハハ、おまえも貔貅か』『ちょうどいい』『まずはおまえを食らってやろう、腹の中身ごとなぁ！』

歪《ひず》んだ声とともに、無数の黒い蔓が天禄を襲った。天禄はすばやく飛翔して躱したが、洞窟内の空間には限りがあり、翼を絡め取られてしまう。まるで蜘蛛の巣にかかった蝶のようにもがく天禄を、月季は剣を飛ばして掬い出した。

「大丈夫か」

猫のように地面に降り立った天禄が、恥じ入るように頭《こうべ》を垂れる。

天禄が苦戦するのも無理はない。

以前、闘ったときよりも、霊力が格段に増している。速度も戦い方も、以前とは比べ物にならない。

（……いったい、なにが起きた……？）

「太子殿下！」

天禄の叫びに、月季はハッと目を見開いた。

瞬息の間、太歳が月季の目の前に移動していた。天禄を突き飛ばし、反射的に結界を張る。だが襲いかかってきた腕を防ぎ切れず、下方に弾き飛ばされる。

「ぐっ」

地面に叩き付けられ、月季は口の端に血を滲ませながら顔を上げた。左右の四本の腕は触手状に伸び、正面の二本の腕は人型を保っている。その右手にふと、なにか光るものを見た気がして、月季は目を凝らした。

（あれは……）

金鐘ではない。

正面を向いた主柱の右手には、およそ太歳には似つかわしくない、神々しい光を放つ法具のようなものが握られている。それに気を取られた一瞬の隙をつき、太歳が再び襲いかかってきた。地面に転がり、ぎりぎりのところで躱して飛び起きる。脇腹をかすめた法具らしきものが甲冑を砕いたのがわかった。

「太子殿下！」

少し離れた場所から加勢していた天禄が急に叫び声を上げる。

「来るな、下がってろ！」

「でも、血が……！」

防御結界を張り、攻撃に耐えていた月季は、その言葉にはっとした。痛みの走る脇腹に視線を流す。わずかに掠っただけの金創が大きく開き、治癒しようとしても塞がらない。滴り続ける赤い血を凝視しながら、月季は信じられない思いで呟いた。

「宵、練……？」

伝説の三宝剣のうち含光、承影は東宮が所有している。だが、最後の宵練だけは、どれだけ探しても所在すら掴めなかった。

長い間、行方知れずだった宝剣がなぜいま太歳の手にあるのか。

『ハハハ！　切れる！　切れるぞ！』『やはりそうか……！』『この剣こそ宵練！』

容赦なく斬り込みながら、大歳が笑い声を上げる。横から飛び出してきた触手を、月季は霊力の火炎を使って燃やし尽くした。だが、腕の再生は早く、それ以上に見えない剣身を避けるのは容易ではない。

痛みを堪え、応戦を続けながら月季は舌打ちした。

「太歳……貴様、なぜこのようなものを……！」

刀身は目に見えず、斬り付けた傷はたちまち塞がっていくという、不殺の剣。

月季の元神を砕くことのできる、この世で唯一の宝剣と、こんなところで出会うことになろうとは。

『そんなことより、傷が一向に塞がらぬなぁ？』『次は内臓が飛び出すぞ！』『血がすべて流れ出てしまえばいい』

以前、封印された恨みを、いまこそ晴らそうとしているのだろう。

猫が鼠をいたぶるように、太歳は少しずつ月季の肉を切り裂き、体力を削っていく。宵練によって受けた傷からは絶えず血が流れ、塞がることはない。剣と霊力を駆使し、凶神の絶大な霊力と互角に戦いつつも、月季は徐々に押されていった。

「くっ！」

足に蔓が絡み付き、空中で体勢を崩す。あわやというところで月季は見えぬ刃を軒轅剣で防いだ。刃が交差したまま、霊力の火花が散る。

互いの力が拮抗する中、太歳の正面が口を裂いて囁いた。

『やはり噂は本当だったのだな？　この剣こそが、貴様を殺せる唯一の刃なのだろう』

「……出鱈目を」

『図星だな。顔色が悪いぞ』

「貴様が言うな！」

金属がこすれ合う音とともに剣身を受け流し、二人が離れる。

石筍の上に立ち、月季は肩で息をした。金創からぽたぽたと血が滴る。

侮っていたわけではない。

ただ、復活後の太歳星君の力は絶大だった。この狭い洞窟の中で、縦横無尽に蔓を操り、触手と宵練で襲いかかってくる。激しく斬り合いながらの空中戦は、体力も霊力も消耗する。

『待ちに待った復讐の機会だ』『なんと素晴らしい巡り合わせか』『儂を復活させた不殺の剣で、貴様を殺せるとはなぁ？』

「復活させた、だと……？」

地を這い伸びてくる蔓を軒轅剣で一掃し、月季は顔を上げる。

『そうだ。先日、この洞窟に迷い込んできた貔貅を食らったのよ』『その腹の中に、この剣があった』『お陰で、この忌々しい封印を解けたのだから、あの双角《そうかく》の貔貅には感謝せねばなぁ？』

「双角……？」

その言葉に真っ先に反応したのは天禄だった。

震える声で問う。

「いまの話は真実なのか……？」

『嘘を言ってどうする？』『飲み込んだ後も儂の中で散々暴れおったわ』『宵練を吐き出した後で、ようやくおとなしくなったがな』

貔貅は食べた金銀財宝を腹の中に溜め込む性質がある。

おそらく、その双角は昔どこかで宵練を食らったのだろう。そして時がたち、この洞窟に偶然迷い込んだ双角を、今度は太歳が食らったのだ。太歳が封印を解くことができたのも、体内にあった宵練の力を摂り込んだからに違いない。

「……っの、クズ野郎……！」

天禄が灰色の毛を逆立て、太歳に突進する。口から炎を吐き、襲いかかる蔓を焼き払いながら向かって行ったが、躱し切れず太歳の手に捕えられた。食らわれる寸前で、太歳の手首ごと月季に切り落とされて落下する。すぐにまた翼を広げ、向かって行こうとする天禄を、月季が契約の呪訣《じゅけつ》で呼び戻した。

厄介なことになる。

「殿下！　離してくださいっ」

「おまえ一匹で敵う相手じゃない！」

結界壁を盾に、触手の攻撃を防ぎながら怒鳴る。ただでさえ最凶と言われる神が、宵練の力を摂り込んだとなればもはや無敵だ。下手に近づいて天禄まで摂り込まれればかなり厄介なことになる。

だが天禄は食い下がった。

「でも！　太歳の腹の中に双角がいるんです！」

「それがどうした！」

「助けてください、まだ生きてるかもしれない……！」

初めて見る天禄の必死な姿に、月季は返す言葉を失った。

太歳星君を完全に復活させてしまえば、天界にとっても脅威になる。

だが、いまの状態で封印すれば、太歳の中に摂り込まれた双角も一緒に封印することになるだろう。このぎりぎりの状態で、生きているかどうかもわからない双角を救い出す方法などないに等しい。

「殿下、一生のお願いです。双角を殺さないでください」

人型に戻り、天禄が縋るような目で懇願する。

その姿に、ふと幼い日の自分が重なった。

『父上、お願いです。母上を殺さないで』

月季は舌打ちした。

貔貅は雄の短角《たんかく》が圧倒的に多く、雌の双角はほとんどいない。出会えたとしたら、それは奇跡のような確率だと以前、天禄が言っていた。

方法があるのかもわからないが、なんとか双角を傷つけずに太歳から吐き出させなければならない。大切な人を奪われる悲しみなど、知らないほうがいいに決まっている。

「わかった。貔貅は太歳を鎮圧できる神獣だ。きっとまだ生きているはず……」

言い終わる前に鈍い音を捕え、月季は鋭く顔を上げた。

透明な結界に蜘蛛の巣状の罅《ひび》が広がっていくのが目に映る。太歳の激しい攻撃に、とうとう耐えられなくなったのだ。

(まずい)

玻璃《はり》のように結界が砕け散る瞬間、月季は天禄を洞窟の外に転送していた。

「かはっ！」

一瞬で四本の触手に囚われ、洞窟の壁に磔《はりつけ》にされる。したたかに背中を打ち付けた月季の口から少量の血が流れ出る。

「千年前とは逆だな」

太歳星君がにやにやと笑いながら、宵練を持ち上げた。

「っぐ……ぅ……！」

左肩を突き刺され、血が噴き出した。剣先でざくざくと傷を抉られ、いたぶられる。激痛に吐き気を催しながらも、月季は声を漏らすまいと奥歯を噛み締めた。

「双角を盾にとられて、私に手出しできないのであろう？」

「……ッ」

「そろそろ一思いに心臓を突き刺してみようか。この剣で本当に貴様を殺すことができるのか、見てみたいしな」

絶体絶命だ。額に油汗を滲ませ、月季は顔を上げた。大歳が振りかざした宵練の刃が、自分の心臓を貫こうと風を切る。

もはやこれまでかと、目を閉じた瞬間だった。

刃が心臓を貫く寸前、突如として現れた何者かが月季の前に立ち塞がった。宵練の剣先が、その者の胸から背中へと刺し貫き、月季の心臓の前で止まる。

「朗君、大丈夫か？」

聞き慣れたその声に、月季は閉じていた目蓋を開けた。たったいま自分の盾となった、勇ましく美しい相手の名を呼ぶ。

「連……理……」

宵練に貫かれたまま、連理は微笑んだ。

「間に合って良かった」

天宮に置いてきたはずの連理が、なぜここにいるのだろう。

気まずくなって以来、顔を合わせるのは初めてだ。今日、巫山に赴くことも伝えていない。もしかしたら、自分は夢でも見ているのではないか……。

月季は瞠目し、呆けたように目の前の光景を見つめる。

『おのれ九天玄女！』『死老太婆《クソババァ》！』『今度こそ殺してやる‼』

「久しぶりに会った私に、ずいぶんな挨拶ではないか」

太歳が口々に喚き散らし、宵練を引き抜こうとする。だが、連理は剣を逆手で掴み、離さなかった。塞がっていく胸の傷口が剣身を巻き込み、引き合う。

『クソ！　離せ！』

連理は己の胸を貫く剣身を握り締めたまま、もう片方の手に霊力を貯め、太歳を吹っ飛ばした。胸に刺さった宵練を引き抜き、天井近くまで飛躍する。虫の大群のように太歳もすぐさま後を追った。

連理が太歳を引き離した隙に、月季は絡んでいた蔓を断ち切った。すぐに連理のもとに向かおうとする。

「連理！」

太歳と再び戦闘を繰り広げていた連理が振り向いた。二本の指で印を結び、宙に浮いた宵練を月季に向かって飛ばす。

「朗君、受け取れ」

月季は宙に向かって手を伸ばした。だが、手が届くまであと数尺のところでぴたりと止まり、なにかに抗うように光を点滅させる。

そして次の瞬間、宵練はまるで見えない糸で引き戻されたかのように、太歳の手に握られていた。

太歳の高笑いが洞窟内に響き渡る。

『愚か者め』『宵練は主のもとに戻る』『我が物にしたつもりだったか』

「主だと⁉」

宵練は、いやしくも三宝剣がうちのひと振りだ。凶神を主に選ぶはずはない。卑劣なことに、太歳は己が持つ強大な力で、宵練を無理やり従わせたのだ。

「いけない！」

宵練を振りかざした太歳が月季に襲いかかる。その動きに連理が反応した。

月季の視界が真っ赤に染まる。

月季を庇おうと動いた連理に、太歳があらんかぎりの霊力を打ち込んだのだ。

「連理！」

『かかったな九天玄女！』

嬉々とした太歳の歪んだ声に、月季の絶叫が重なる。

これまで食らってきた霊獣から吸い取った霊力と、宵練の神気が合わされば、いくら九天玄女でも防ぎきれない。

派手に吹っ飛ばされた連理は洞窟の天井に激突し、血飛沫を上げながら落下した。

「連理‼」

月季は瞬間移動し、かろうじて連理を受け止めた。太歳の攻撃を避け、岩陰に張った防御結界の中で必死に連理に呼びかける。

「連理、連理！」

連理は全身がバラバラになるほどの衝撃を受け、腕の中でぐったりしていた。鼻や口から血が流れ、裂けた衣にも真っ赤な血が重く染み込んでいる。それでも連理は薄く目を開け、大丈夫と言うように首を振った。

「すまない、私としたことが」

謝りながら激しく咳き込む。折れた肋骨が肺に刺さったのか、息を吐くたびに口から泡立った血が溢れ出た。

「無理に喋るな、油断した私がいけないのだ。すぐに治療してやる」

「問題ない。私より、そなたこそ満身創痍ではないか」

瀕死の状態なのに、折れた腕を伸ばして月季の傷を治癒させようとする。連理の豊かな黒髪が、みるみる白髪へと変わっていくのを見て、月季は恐怖に震えた。

「やめろ！　これ以上、霊力を消耗するな！」

ひどいのは外傷だけではない。禍々しい霊力をまともにくらい、重い内傷《ないしょう》を負っている。もしかしたら、元神が傷ついているかもしれない。

――元神が砕ければ連理を失う。

目の奥が熱くなり、月季は慌てて口を開いた。

「なぜついてきたんだ。敵の前で隙を見せるなんておまえらしくない」

「すまない……でも、心配だったのだ」

「心配だと？」

誤解しないでほしい、と連理は困ったように眉を八の字にする。

「朗君が……もう、あのときのような未熟な少年でないことくらい、わかっている。一緒に行くと言えば、嫌がるだろうと思って……黙ってこっそり後を追ったんだ。でも、それはそなたの実力を見くびっているわけではなくて……ただ、勝手に私が……」

「もういい、わかっている、全部」

息も絶え絶えのくせに、ここにきてなお月季の矜持を気遣い、言い訳をしようとしている。そんな彼の姿を見て、月季は耐えられなくなった。

小さく鼻を啜り、天井を仰ぐ。

「……おまえは、いつも、そうだな……」

いまに限った話ではない。自分のことは二の次にして衆生救済を優先してきた。西王母に次ぐ地位にありながら驕り高ぶることもなく、片想いのまま千年も月季を待ち続けるような可愛らしい面もある。過ちはすぐに反省する謙虚さも持ち合わせ、愛する相手と同じ牀褥で忍耐強く添い寝を続け、いまも月季だけを愛している。

（本当は、わかっていたんだ……）

あのとき、連理が本音を言わなかったのは、天帝に逆らえない月季を慮《おもんぱか》ったからこそだと。

言えば月季を苦しめるとわかっているから、自分ひとりの胸に留めた。そして、ひとりで耐えると笑って告げたのだ。

「ぐ……っげほっげほっ！」

連理が背中を丸め、大量に血を吐いた。顔色はすでに紙のように白い。荒い喘鳴《ぜんめい》はいまにもこと切れそうで、月季は慌てて手の甲でぐいと目許を拭った。

早く連れ帰って治療しなければ、取り返しがつかないことになる。

「天禄を呼ぶ。そなただけでも、いますぐ天宮に」

「心配ない。九天玄女は起死回生の神だ。それより……、双角を助けるのだろう？」

「あ……ああ」

千年前と同じように地中に封印するだけなら、月季ひとりでも対処できただろう。だが、その前に太歳の中に摂り込まれた神獣だけを救出するとなると、簡単にはいかない。

月季の耳許に顔を寄せ、連理は掠れた声で策を授けた。

「そなたの軒轅剣で、太歳の首を刈り取れ」

「首を？」

「三界にとってもそれが最善だ。上帝陛下のご命令を思い出せ」

たしかに今回、天帝から拝命したのは、太歳の封印ではなく討伐《ほふ》だ。前回に比べ、月季の修為も霊力も格段に上がっているとはいえ、最凶の祟り神を屠るのは容易ではない。

「太歳の首が再生する前に、身体を破壊しろと……」

その隙に軒轅剣で太歳の元神を叩くことができれば、双角は吐き出される。

「そうだ。そなたならできる。……これで」

口許の血を拭い、連理は印を結んだ。震える手で月季の心脈に触れようとする。傷病を一時的に肩代わりする術だ。

月季はすぐに気づき、その手を押さえた。

「必要ない」

「……でも、その怪我では……」

月季は顔を歪めた。込み上げるものを必死に抑え、連理を見つめる。こんなぼろぼろの状態でも、月季のことしか考えていない。

連理の手を握り締め、涙をこらえながら言い聞かせる。

「ここで、おとなしく待っていろ。心配しなくていい。私が太歳を斃《たお》すまでの、わずかな間だ。持ちこたえられるな？」

幼子に言い聞かせるような優しい声に、連理は驚いたようだった。いつもと立場や年齢が逆転したようで、戸惑ったのだろう。だがすぐに面映ゆそうな笑みを浮かべ、素直に頷いた。

「……ああ」

連理を壁に凭れさせ、月季は立ち上がる。

保護結界の中にいれば、しばらくはもつはずだ。連理は、夫君の雄姿を目に焼き付けようとでもするかのように、大きな瞳で見上げている。

月季は高く跳躍すると、太歳と対峙した。

「よくも私の最愛を傷つけてくれたな」

眦を決し、太歳を睨み据える。漲る気迫とともに、瞳に怒りの炎が燃え上がる。

「ふ、私が眠っている間に九天玄女を娶ったのか。ひよっこ風情が、よく相手にされたものだ」

「黙れ！」

剣先を太歳に向け、斬りかかった。

ふたつの霊力が正面からぶつかり合い、膨れ上がる。空気が渦巻き、折れた石柱や石筍が巻き上げられ、粉々に砕け散った。

軒轅と宵練、二振りの宝剣が火花を散らして斬り結ぶ。壮絶な斬り合いの中で、太歳の手から宵練が弾き飛ばされた。

太歳が咄嗟に手を伸ばし、剣を呼び戻そうとする。だが、宵練は回転しながら空を切り、眩しいほどの光を放ちながら宙で止まった。

「馬鹿な……っ、なぜいうことを聞かない！」

剣身は光に包まれ、目が眩んだ太歳が悲鳴を上げる。激しい闘いの中で、ようやく自らの意思を取り戻したかのようだ。空中に浮かび上がる光の法陣を背に、月季は目を眇めた。

「無理に従わせても無駄だ。神器は主を選ぶ。貴様は主に値しないと判断したのだろう」

「な……！」

どれほどの間、貔貅の腹の中で眠っていたかはわからない。だがいま、宵練の霊識が目覚め、意思を持って太歳の手から離れたのは明らかだった。

「死に損ないが。今度こそ死ぬがいい」

軒轅剣が月季の手から離れ、背後に現れた方陣の中心で何百何千と分裂する。月季が掌を太歳に向けると同時に、無数の軒轅の星がいっせいに光の尾を引いて空を切った。白刃《はくじん》が次々と掴みかかってくる六本の腕を切り裂き、太歳の本体に襲いかかる。

『ガァ‼』

身体を引き裂かれ、叫び声を上げる三つの顔が勢いよく跳ね飛ばされる。洞窟の壁に叩き付けられ、腐った果実のような音とともに潰れて飛び散った。間髪入れず、月季は霊力を込めた二本の指で空中に呪字を描く。

――‼

まばゆい閃光とともに大きな爆発が起きた。

霊光の中で太歳の身体が四方に吹き飛ばされる。折れた石柱の欠片や岩などが一緒くたに巻き上げられ、辺りを覆いつくした。

結界で身を護り、長い袖裾を翻しながら月季は醒めた目で凶神の最期を見届けた。元神まで粉砕された太歳が、この先、蘇ることはもうない。

やがて光が収束すると、月季は地面に降りた。一瞬、足元がふらついたものの、軒轅剣を支えに踏みとどまる。

顔を上げたとき、どこからともなくぼんやりと光るものが目の前に現れた。

「……宵練……?」

なかば朦朧としながら片手を伸ばすと、まるで剣が自ら身を寄せてきたように、掌に柄の感触が伝わってきた。月季は息を吐き、柄を握った手をゆっくりと開く。

「私を主に選ぶなら、双角を助けてくれ」

応えるように宵練が淡く光を点滅させた。月季を導くように、すいと前方に飛んでいく。

焦油状のねっとりとした液体が洞窟中に飛び散り、猛烈な臭気を放っている。黒い液だまりを避けながら、月季はその後を追った。

やがて宵練は折れた太い石柱の前で止まった。その傍らに、こんもりとした灰色の大きな塊が横たわっているのが見える。

「無事だったか」

黒い液体で汚れているが、なんとか、無傷で大歳から吐き出させることができたようだ。龍の頭に馬の胴体、脚は麒麟と、天禄によく似た姿をしている。身体は天禄よりふた回りほど小さく、翼もない。その代わり、頭には立派な二本の角が生えている。双角の貔貅に間違いなさそうだ。

「宵練」

宵練が淡い光を放ち、双角に吸い込まれる。息を吹き返したのを確認すると、月季は連理のもとに飛んだ。保護結界を解き、片膝をついて連理の顔をのぞき込む。

「連理、待たせたな。帰ろう、私たちの家に……」

連理は壁に背を預け、目蓋を閉じていた。白一色の髪は乱れ、青ざめた顔にかかっている。骨肉が砕け、まるで死人のように白い肌に吐血の跡が痛々しい。

「連理……？　眠っているのだな？　連理……連理！」

揺さぶるが、反応がない。

震える指を連理の鼻下にかざし、呼吸を確かめる。

「──っ」

月季はその場に崩れ落ち、顔を覆った。

弱弱しいが、まだ息はある。霊力を使い果たし、意識を失っているだけだ。

──心臓が止まるかと思った。

細く息を吐き、顔を上げたときだった。

「殿下──！　どこですか──⁉」

遠くから、やや間延びした声が聞こえた。洞窟の外に放り出された天禄が、半べそをかきながら戻ってきたのだ。

急いで目許を拭い、立ち上がる。

ほぼ同時に、人の姿をした天禄が、月季を見つけて駆け寄ってきた。

「殿下、ひどいですよっ。ひとりで片付けちゃって、俺、足を引っ張っただけじゃないですか」

半泣きになりながら抗議する天禄を引きはがし、無造作に顎で示す。

「おまえは、双角の面倒を見よ」

「えっ？　じゃあ、じゃあ、助かったってこと……」

振り向いた天禄は、吐き出された双角を見つけるや否や、駆け寄った。恐る恐る息を確かめる姿は先程の自分を見るようで、月季の表情は自然と柔らかくなった。

「心配ない。元通り、宵練を食わせてある」

「ああ……宵練の神気が双角を生かしたんですね」

天禄は頷きかけ、ふと首を傾げて月季を見る。

「でも、殿下はそれでよろしいんですか」

「そいつはおまえの番《つがい》候補だろう。おまえ次第だ」

天禄の目が、みるみる明るく輝き始める。

彼はフンスと小鼻を膨らませ、自分の胸を拳で叩いた。

「ご安心を！　この子は俺が口説き落とすんで！　是が非でも俺の嫁にしますから！」

宵練を腹に入れたまま野に放てば、今回のようなことがまた起きないとも限らない。それよりは天禄と番にして、東宮で面倒を見るほうが安全だろう。

東宮には貔貅を養えるだけの宝物《エサ》があり、貔貅は訓練次第で軍用神獣に転用できる。互いに利があるくらいの関係がちょうどいい。

双角を天禄に任せ、月季は意識のない連理を抱き上げた。

「先に行く。おまえはあとから双角を連れて戻ってこい」

「是！」

天禄が答えると同時に、月季は連理を伴い、天宮へと戻った。


東宮に戻ったふたりを待っていたのは、さらなる修羅場だった。

連理は瀕死の状態で予断を許さず、太子自身も重傷を負っている。

東宮妃重症の急報がもたらされた天宮からはすぐに太医《たいい》が派遣された。治療を受けた連理は一命をとりとめたものの、いまだ昏睡している。

ただ、治療のために身体を診れば、男であることはもはや隠しようがない。天宮から派遣された以上、太医は天帝に病状を報告する義務がある。

結果、九天玄女が男であるという事実はすぐに天帝も知るところとなり、天宮は大騒ぎになった。

血を吐かんばかりに怒り狂った天帝は東宮に親臨し、傷の手当もろくにすんでいない太子に釈明を迫ったのである。

——しかし。

「なんの申し開きもございません」

人払いをした連理の寝房で、月季が跪伏《きふく》する。

ついさきほどまで、妻の傍らに付き添っていた息子を、天帝は冷ややかに見下ろした。

「釈明すらしないのだな」

「はい」

天帝は牀に歩み寄り、床帷をわずかに開いて中を覗く。昏睡してさえなお美しい連理の貌を、まるでおぞましいものでも見るように一瞥し、牀から離れた。

「いつ知ったのだ。よもや、男だとわかった上で縁談を受けたのではあるまいな」

跪いたまま、月季が粛々と告げる。

「いいえ、洞房するまで存じませんでした。ですが、天帝の前で一生を誓った相手です。誓いを破ることは天の道に背く行為」

「馬鹿者！　なぜすぐに報告しなかった⁉　黙っていれば隠し通せるとでも⁉」

「…………」

月季は俯いたまま押し黙る。

一生、隠し通せるわけがないことくらい、わかっていた。大ごとになる前に外堀を埋め、軽い処分で済むようにうまく立ち回れば良かったのだ。素直になれずに、ぐずぐずしていた自分が悪い。

なにも言わない月季に苛立った天帝が、目の前を行ったり来たりしている。ふと思いついたように足を止め、月季を指さした。

「まさか、情が湧いたのか。紅琰《おとうと》と同じように」

「父帝、お許しください。私は……」

「父と呼ぶな！　弟に続き、太子まで男色に染まるなど、天の威信にかけて許さぬ！」

怒気を孕んだ声に、空気がビリリと震えた。月季が床に平伏する。

「陛下、お鎮まりください」

「黙れ‼　誰かある！」

天帝は激高し、房の外に控えていた天宮の近衛兵に声を放った。

「九天玄女は天帝を欺いた。天牢に繋ぎ、追って処分する」

房内に近衛兵たちが駆け込んでくる。無慈悲にも重症の東宮妃を連行しようとする彼らの行く手を、月季が腕を伸ばして遮った。

「陛下、どうかお考え直しください」

「構うな。連行せよ」

「陛下！」

つかつかと近づいてきた天帝が、月季を平手打ちした。激しい音とともに月季の身体が揺らぎ、切れた口端から細く血が滴った。

その光景に、近衛兵たちが息を呑む。

「父の恩情を仇で返すつもりか？　本来なら、秘匿したそなたも同罪なのだぞ。ただ、言い出しづらかったそなたの気持ちも理解できる。九天玄女に欺かれたという点では、そなたも被害者なのだからな」

「……欺かれた……？」

床に手を突き、月季はゆっくりと身を起こした。

切れ長の瑞鳳眼が天帝を見上げる。

――『すべて私の過ちです』

――『父帝のおっしゃる通りにいたします』

これまでの月季なら、即座にそう答えていただろう。

勤勉で身持ちが固く、孝心深く、王嗣として相応しい素質を備えている。それがいままでの月季の評価だった。紅琰の婚姻が絡んだあの事件以外に、問題らしい問題を起こしたことはない。

天帝は自分を落ち着かせるように息を吐き、やや声を和らげた。

「そなたもわかっていよう。天が滅ぶことは許されぬ。次期天帝の妃が男では嫡嗣も望めず、天界の威信も保てなくなる。太子の体面を汚さぬためにも、この婚姻はなかったことに……」

「威信がなんだと言うのですか！」

絶叫にも等しい声に、房内はシンと静まり返った。

「……いま……なんと申した……？」

その場にいただれもが耳を疑った。

天帝は怒りのあまり青ざめ、口髭をわななと震わせている。

だが、月季は顔を上げ、恐れずに問い返した。

「天の太子が妻の命ひとつ護れずに、なにが体面ですか？　男だろうが女だろうが、子供ができようができまいが、私の妻は生涯、九天玄女ただひとりです」

「口を慎め、この不孝者！」

天帝の激しい怒りに侍従たちは恐れ慄き、口々に「お鎮まりを」とひれ伏した。

だが、月季は臆することなく言葉を続ける。

「なんと言われようが、今後とも側妃を娶る気はありません。天が滅ぶと言うのなら、私は太子の座を返上します」

「この父を脅す気か⁉」

「滅相もない。ただ、九天玄女は身を挺して宵練の刃から私を護ってくれました。命の恩に報いるのは当然のこと。太歳討伐の功を鑑みて、どうか、私たちを引き離すことだけはお許しください」

気迫に圧倒され、天帝は怒りを通り越して青ざめる。

いままで従順だった長男が、初めて父親に逆らったのだ。彼にとっては青天の霹靂に違いない。だが、月季にとっては、いままで心に溜め込んできたものをわずかに吐き出したに過ぎなかった。

「そなた……！」

月季を指した天帝の指が、ぶるぶると震える。

張り詰めた空気が漂う中、西王母の訪いを知らせる侍従の声が響いた。

「西王母のご来臨――」

九天玄女危篤の知らせを受け、崑崙から駆け付けてきたのだろう。慌ただしく寝房に入ってきた西王母は、拝礼もそこそこに月季の隣に膝をついた。

「陛下、配下が犯した罪は、上官である妾の罪。どうか、妾に罰をお与えください」

「西老、そなたも共犯なのか⁉　九天玄女と一緒になって天帝を謀ったのか？」

床に伏したまま、西王母が答える。

「いいえ……いいえ。ただ、九天玄女が太子殿下をお慕いしていることだけは存じておりました。上官として、千年に渡る想いを遂げさせてやりたかったのです。良かれと取り持った縁が、まさかこのような結末になろうとは……」

「父…いえ、陛下。西王母に罪はありません。罰を賜るなら私ひとりに」

太子だけでなく、天界最高位にある仙女が伏して元配下の許しを請うている。天帝として面子は大事だが、恩情を示さないわけにもいかない。息子はともかく、蟠桃園の主であり、全女仙を支配する西王母を敵に回すことは天宮としても得策ではない。

「太子の命の恩人ならば……酌量の余地がない、わけでは……ない」

苦渋の決断を迫られ、天帝が唸るように言葉を絞り出した。

ただ、矛を収めるにしても、これだけのことをしでかしたのだ。無罪放免というわけにはいかない。

天帝も後には引けず、その場で処分を言い渡した。

「では、これまでの功績に免じ、九天玄女を雷刑に処す」

人であれば一度で命を落とすほどの威力を持つ天雷。例え高位の神であっても、手負いの身では幾度も耐えられるものではない。

「陛下……っ」

西王母は息を呑み、思わず顔を上げた。

「二十回の天雷に耐えたならば、東宮妃を罪に問わぬ」

連理の容体を鑑みれば、それは死刑にも等しい宣告だった。

肉体を失うだけなら、まだ転生の見込みはある。ただ、最悪の場合は元神を損い、二度と目覚めないかもしれない。

「いますぐ執行せよ」

「陛下！　ご再考ください！」

天帝が袖を振り切り、大股に退出する。その裾に縋ろうとした西王母を、近衛兵が冷淡に制止した。

月季だけがその場を動かず、ただ静かに叩頭する。

「陛下、ありがとうございます」

天帝はいま、連理のことを「東宮妃」と呼んだ。

つまり、連理はまだ東宮妃の身分を剥奪されたわけではない。

東宮の主たる月季が、妻への罪罰を肩代わりすることに、なんの不都合もない。

「天雷二十回、すべて私が引き受けます」

去っていく天帝の背に、決意を告げる。

奇しくもそれは、はるか昔、月季の命乞いをした母と同じ言葉だった。


高台にある天界の刑場で、月季は手足を鎖に繋がれた。

人垣を掻き分け、駆け寄ろうとした西王母が警備兵に止められる。自分を呼ぶ彼女の声を聴きながら、月季は空を仰いだ。

天界の主だった神仙が見守る中、刑執行役を務める雷公が雲を呼ぶ。

ひび割れた空から、月季に向かって真っ直ぐ光が落ちてきた。割れるような轟音と共に雷光が身を貫き、肉が裂ける。

激しい衝撃と痛苦に、月季は鎖を砕けんばかりに握り締めた。

痙攣する身体に、容赦なく電流が流れる。

「ぐぅッ……！」

焦げた匂いとともに、赤黒い血が足元に飛び散った。

休む暇もないまま、続けざまに雷に打たれる。太歳討伐で消耗しきった身体には耐えがたい苦しみに、意識が遠のく。だが、すぐに雷に打たれては引き戻され、気を失うことも許されない。

それでも、つらいとは思わなかった。

ただ、連理の顔ばかりが脳裏に浮かぶ。

（……連理……）

不思議だった。

あんなに嫌がっていたのに、あんなに離縁を望んでいたのに。いまは命をかけてまであの男を護ろうとしている。

親に逆らい、天に逆らい、皆の見ている前で罰せられ、屈辱を受けている。

なんと無様で、みっともない姿だろう。

それでも、いまの自分には誇りが持てる。

（……ははうえ……）

ふと、母のことを思い出した。

処刑された母も、いまの自分と同じ気分だったのだろうか。

息子を太子にすることだけが生き甲斐だった、愚かな女性。自分が処刑されてしまったら、月季が太子になろうが天帝になろうが、なんの見返りも享受できないのに。

それでも、生涯の最後に、月季の命だけは救おうとした。矜持の高い母が床に額づき、自ら罪を認め、息子の命乞いをしたのだ。

見返りを求めず、身を犠牲にして月季を護ってくれた。

太歳の前に立ちはだかった連理と、同じだ。

「そうか……。これが……」

月季の口元に笑みが浮かぶ。

知らなかった。自分はもう、とっくに手に入れていたのだ。

過去の残照が激しい雷光に打ち砕かれ、きらきらと消えていく。その光の屑の中に、ふと、少年の日の自分を見た気がした。

痛苦による幻影か、あるいは思い出の残像なのか。

だれかの膝枕で眠っている。ゆっくりと風を送っている羽扇が、幼い月季の前髪を揺らしていた。どことなく母に似た、美しい貌が心配そうに月季を覗き込む。

そればかりに気を取られて、あの、女にしては硬すぎる太腿の感触に気づかなかった。
痛みに身を引き裂かれながら、掠れた声で名前を呼ぶ。
「……連理……」
――会いたい。
心から、そう思った。
連理の笑った顔が、もう一度見たい。
あの屈託ない、おおらかな声で「朗君」と呼んでほしい。
理不尽に怒ろうが、無様な姿を見せようが、ずっと好きでいてくれた。
突き放しても追ってきて、自分が怒っているときでさえ、あの男はいつも笑っていた。
なにが面白いのか、こんな自分のどこがいいのか、わからない。
それでも彼は、心から月季を求め、惜しまず愛を注いでくれる。傍にいて、離れない。
――私には、連理がいる。
たったそれだけの事実が、こんなにも自分を強くし、自信を与えてくれる。
失うかもしれないと思った瞬間、自分がどれほどの恐怖を感じたことか。
――今度こそ、自分が最後まで連理を護る。
もし次に顔を合わせたとき、夫として、男として、少しは見直してくれるだろうか？
血の気を失った顔に穏やかな笑みを浮かべ、月季は空を仰いだ。

笑いながら、天雷に打たれる。

幾度も空が裂け、轟音が響く。

観衆の中には、太子の気がふれたと思った者もいただろう。

そして、その時はやってきた。

どうにか耐え抜いた月季が、二十回目の天雷で血を吐いて倒れ込む。観衆の中から上がった悲鳴が、刑執行の終了を告げる声を掻き消した。

晴れ間が広がり、刑場の結界が解かれる。西王母たちが駆け寄ってくる。

「太子殿下！　しっかりなさってください！」

「だれか！　侍医《じい》を！」

「太子殿下……！」

なにも見えない。なにも感じない。手足がついているのかどうかすらわからない。

朦朧とした意識の中で、月季は譫言のように呟いていた。

「……やっと……」

血で濡れた口許に、満足げな笑みが浮かぶ。

何千年と生きてきて、こんなに誇らしい気持ちになれたのは初めてだ。

――やっと、連理を護ることができた……。

神も生の終わりに走馬灯というものを見るのだとしたら、九割がたは二弟の顔だろうと思っていた。

だが、実際には違ったらしい。

次に目蓋を開けたとき、視界に真っ先に飛び込んできたのは、いままで夢に見ていた相手の顔だった。

目覚めに気づいた連理の顔が、パッと明るくなる。

「気分は？」

「悪くない……」

ひどく声が掠れ、月季は鋭く咳き込んだ。ピリッと唇が裂け、痛みが走る。

「ああ、起きなくてよい」

連理が茶杯に水を注ぎ、口に含んだ。乾き切った月季の唇に、口移しで水を与える。ただの水が、まるで甘露のように月季の喉を潤し、身体の中に沁みていった。

三口ほど飲み下した後で、唇が離れる。

すると裂けた傷は癒やされ、痛みも消えていた。

当たり前のように口接けを受け入れている自分に気づき、月季は照れ隠しに訊ねた。

「どれくらい、眠っていた？」

「ひと月だ」

「……そうか」

月季が眠っている間に、連理は回復したらしい。少しやつれてはいるものの、髪も元通り、艶やかな黒髪へと戻っている。

「連理、痩せたんじゃないのか。怪我のほうは……」

「問題ない。この通り、全快している」

「……そうか」

月季は細く息をつき、ゆっくりと右手を持ち上げる。気海丹田に軽く力を入れると、掌の上に光の玉が浮かび上がった。最悪、霊力を失うことも覚悟していたが、幸いにもゼロからの修練は免れたようだ。

「太医が言っていた。朗君の元神に傷ひとつつかなかったのは奇跡だと。この羽に、感謝しなければな」

そういって連理が一枚の羽根を見せる。

「？　あぁ……そうか」

それは乾坤袋に入れたまま忘れていた、橐蜚の羽根だった。

橐蜚の羽を身に着けておくと、雷に打たれても死なないという言い伝えがある。あの一本足の怪鳥に、そんなご利益があったことなど、いまのいままで思い出しもしなかった。

「この羽根一枚で……運が良かった」

それにしても、ずいぶんと枕が硬い。そう思ったら、連理の膝を枕にしていた。もしかして、目覚めるまでの間、連理はずっとこうしていたのだろうか。

「ずっと私に付き添っていたのか」

「私の代わりに罰を受けたと聞いて……」

「そなたが恩を感じることはない。これは私の問題だ」

自分こそ、連理に助けられた。傷を負ったのは連理も同じなのだから、養生するべきだろう。

月季の顔を覗き込み、連理はふやけたような笑みを浮かべた。

「心配だったのだ、ずっと眠っていたから……。もう、目を覚まさないのではないかと思った。いったい、どんないい夢を見ていたのだ?」

冗談めかしてはいるものの、目の縁がわずかに赤らんでいる。月季に付き添いながら、本心ではきっと自分を責め続けていたに違いない。

潤んだ黒い瞳を見上げ、月季は囁いた。

「巫山が夢に出てきた。……千年前、そなたとともに、太歳を封印したあの日の夢を」

九天玄女の勇ましさに、自分を奮い立たせた少年の日。

性別云々はさておき、あの年頃の月季にとって、上古の神仙である九天玄女は、尊敬こそすれ恋愛対象として意識する相手ではなかった。

でも、いまならわかる。

目覚めたとき、自分をのぞき込んでいた九天玄女の輝く瞳には、いまと変わらない深い情が籠もっていたこと。

頭下にある太腿を軽く叩き、月季は苦笑した。

「そなたの言った通り、あのときからなにも変わっていないのだな。そなたの心も、この膝枕の硬さも」

連理の白い喉が震え、大きく上下する。大きな目の縁に、じわりと涙が盛り上がる。

『私は、ともに大歳を封印したときとなにも変わっていない』

気づくのに、こんなにも時間がかかってしまった。愚鈍な自分を、それでも連理は責めもせずに大きな心で赦してくれる。

「連理、そなたは我が最愛にして、生涯の〝妻〟だ」

九死に一生の危機に現れ、方術を授けるとされる九天玄女。西王母の副官にして、戦術と兵法を司る守護神。招福、和合、救世から紡織業者の職業神まで、守備範囲がやたらと広い連理は、強くて美しくてなんでもこなせて、だからずっと、他者を護ることはあっても、だれかから護られたことなどなかったのだ。――月季を除いては。

「待たせて、すまなかった」

笑おうとして失敗したような顔に手を伸ばし、月季は謝る。

それは、巫山での日から虎視眈々と機会を窺ってきた連理の、粘り勝ちが決まった瞬間だったのかもしれない。

『辛抱強く好機を待ち、機を捕えたら最も効果的な方法で切り込む』

教えられた通りだ。

この男には敵わない。心の底から、月季はそう思った。

訪れるかどうかさえわからない好機を待ちながら、千年もの間、たったひとりを想い続ける。それがどれほど孤独でつらいことか、少しはわかるつもりだ。

連理の愛は重く、自分を溺れさせるほど深い。

だが、その重さが自分には心地いい。

「こんな私を、これからも愛してくれるか？」

しっとりと濡れた睫毛を伏せ、連理が強く頷いた。いつもは饒舌すぎるほどお喋りな彼が、いまは唇を引き結び、嗚咽《おえつ》を堪えている。

「……願わくは雙飛の鳥と爲り　翼を比べて共に翱翔せん　丹青もて明らかなる誓いを著し　永き世まで相い忘れざらん……」

ついに、はらはらと温かい雫が月季の頬に落ちる。

いつも笑っている彼が初めて見せた涙を、月季は愛おしげに指先で拭った。

近づいてきた連理の顔を両手で挟み、目を閉じて口接ける。濡れた唇は柔らかく、かすかに震えていて、少ししょっぱい。

「私もそなたを愛している。そなた以外に、妻はいらぬ」

月季は微笑み、もう一度軽く口接ける。

生まれ変わっても、ともに巫山之夢を見よう。

【四】 太子、回春

「朗君！」

紫微宮から戻ってきた月季に、連理が駆け寄る。両腕で受け止めた月季は、すぐに軽く肩を叩いて連理の心配を一蹴した。

「案ずることはなにもない。そなたはこれまで通り東宮に住まい、私の正妃として遇する」

「代償として、そなたが過酷な条件を呑んだわけではないのだな？」

月季は笑い、連理の鼻筋を指の背でそっと撫でた。

自身の処遇より、真っ先に月季を案じるところが連理らしい。

「そなたとの間に、子を作ろう」

「……天帝にそう言われたのか？」

月季は微笑み、連理の手を引いて部屋に入った。人払いをし、牀榻に並んで座る。

二十回の雷刑を耐え抜いた月季に、天帝はこう告げた。

『千年、待つ』

千年は、連理が月季をひとり想って過ごした年数に相当する。ありていに言えば、待たせた時間だけ、こちらも待つという、公平かつ最大限の譲歩だろう。

あるいは不可能を見越して、無理難題を押し付けたつもりかもしれない。

——期限内に後継を作れなかった場合は、連理を廃妃し、新たに東宮妃を立てる。

天帝から出された条件を、月季は慎んで承諾した。

後継を作るのは東宮の務めであり、子を成さぬは親への不孝とも言われる。だがいまは、そんなことはどうでもいい。条件など出されずとも、月季の心は決まっている。

「父上に言われるまでもない。私が欲しいと望んでいるのだ。そなたとの愛の証が」

「以前にも言っただろう。どんな代償を払うことになるかわからぬのだぞ」

「承知している」

自然の摂理に反すれば大なり小なり反動があるものだ。いずれかの身に、どんな影響があるかもわからない。しかし、月季はそれを承知の上で、連理との子を望んでいる。

「少しくらい寿命が縮もうが、功力を失おうが、惜しくはない。そなたとの子を作れるなら、すべて運命だと受け入れる」

「しかし、朗君……！」

反論しようとする連理の口を、月季は人差し指一本で黙らせた。まっすぐな眼差しに揺るぎない決意を感じ取ったのだろう、連理はしばらく固まっていたが、やがて溜息をついて頷いた。

「わかった。ただし条件がある」

「なんだ」

「朗君は帝位を継ぐ尊い身、そして私の大切な夫君だ。御身になにかあれば、私は生きていけまい。よって、伴う危険は出来得る限り私が引き受ける。……これだけは譲れない」

しばらく沈黙が流れた後、わかった、と月季は頷いた。安堵の息を吐く連理の耳許に、そっと唇を寄せる。

「近いうちに、初夜を仕切り直そう」

「……」

それ以上の言葉は必要なかった。

連理の肩に顎を乗せ、片腕を背中に回して髪を撫でる。連理もまた、腕を伸ばして月季の腰を抱き寄せた。

顔を見なくても、いま連理がどんな表情をしているのか、月季にはわかる。

「天に在りては願はくは比翼の鳥と作《な》らん、地に在りては願はくは連理の枝と爲《な》らん……」

囁いた長恨歌《ちょうごんか》の一節は婚姻の誓いにも似て、月季を抱く連理の手に力がこもった。

自分たちはいまようやく、本当の番になろうとしている。


――月季の全快を祝し、宮中でささやかな宴を設けたその夜。

ふたりの姿は東宮の寝所にあった。

蝋燭の柔らかな燈火《とうか》が透ける床帳の中、牀褥の上に向かい合って座る。

「……本当に、いいのか」

結跏趺坐のまま、連理がいつになく神妙な顔つきで念を押した。

「いいと言っている」

「後悔しないか」

「試す価値はある」

慎重な連理とは裏腹に、月季の表情は晴れやかだ。

決意が揺らがないのを確認し、連理も腹をくくったようだった。

「……わかった」

目蓋を閉じ、連理は合掌した。重ねた掌の中に五色の霊光が凝集されていく。

やがて連理が目を開け、掌をそっと開くと、そこには五色に光る小さな丸いものがあった。鶉《うずら》の卵ほどの大きさのそれを見て、月季が感嘆する。

「これが〝玄鳥《げんちょう》の卵〟か」

「その通り」

「噂には聞いていたが、見るのは初めてだ。太古の伝説は本当だったのだな」

無極元君九天玄女――いまでこそ人の姿をしているが、元々は人首鳥体、首から下は玄鳥とされている。この玄鳥の卵を飲んで身ごもった簡狄《かんてき》が産んだ契《せつ》は、やがて殷の始祖となった。黄帝の子孫である契のその伝説を、知らぬものはいない。

(この玄鳥の卵を飲めば、胎《はら》に子を宿せる……)

連理が掌に卵を乗せ、口へと運ぶ。

だが月季が横からその手を素早く掴み、卵を自分の口に入れた。

「えっ……?」

ごくりと喉仏が上下するのを、連理は茫然と見つめる。

ふたりの間で、すでに話はついていたはずだった。

しかし、比翼の鳥ならば、片方だけに重い荷を負わせたりはしないだろう。月季は最初からこうするつもりで二度目の初夜に臨んでいた。

「なにを間抜けな顔をしている。みなまで言わせる気か?」

茫然とする連理を上目遣いで眺め、にやりと笑う。掴んだ手を強く引き寄せると、呆《ほう》けていた連理は体勢を崩し、呆気なく月季の上に倒れ込んできた。

長い髪が雪崩のように敷布に散らばる。

咄嗟に枕の脇に片手をつき、連理は困惑しつつも月季をじっと見つめた。

「……朗君……」

「どのように生まれてこようとも、そなたと私の子だ」

顔かたちが似ようが似まいが、血の繋がりがあろうがなかろうが構わない。自分たちの子供が、愛し合った結果として生まれたという事実だけがあればいい。望むことはそれだけだ。

羞恥と高揚の中で、月季は目を閉じた。両腕を連理の肩に回し、首を引き寄せる。

「私を抱け」

耳許で囁くと、途端に力強く抱き締められた。優しく唇を吸われる。

緊張からくる微細な震えを、連理は機敏に感じ取ったらしい。唇を離し、額同士を擦り付けながら目を見て囁く。

「怖れることはない。朗君の身に良くないことが起きた場合は、どんな手段を使ってでも私が引き受ける」

視線を上げ、月季はふ、と笑った。しっとりと濡れた連理の唇に触れる。

「そんなことしなくていい。もう二度と私の身代わりになろうとするな。あの時は、宵練だから良かったものの……」

今度は連理が唇で月季をそっと黙らせた。唇を優しく啄みながら、上目づかいで囁く。

「すまないが、約束できない。私は、そなたが傷つくことのほうが耐えられない」

「連理」

「そなたにだけは傷ついてほしくないのだ。引き受けられるものなら、そなたの苦しみはすべて私が引き受けよう。朗君がそれを望まないと言うなら、自分を大切にしてくれ」

連理が昏睡から醒めたとき、月季は心脈を損ない、かなり危険な状態にあった。自分の代わりに雷刑を受けたと知らされ、連理がどれほど心を痛めたかは聞かずともわかる。自身も病み上がりでありながら、連理は片時も離れず月季に付き添っていたのだ。

「これからは、自分のことも、連理のことも、私が大切にせねばな」

「いかにも」

連理の手が襟の合わせ目から滑り込んでくる。口接けに夢中になっていた月季は、はっとその手を掴んだ。

「駄目だ」

「え⁉」

襟元に手を突っ込んだ体勢で連理が固まる。土壇場で拒まれたとでも思ったのだろう。

月季は慌てて、あらぬ方を見ながら咳払いした。

「その、前回も……、されてばかりだったから、此度は」

どう言ったらいいかわからず、尻切れに終わる。

連理は面食らったように目を瞬かせたが、すぐにふふ、と笑った。

「では、朗君のご厚意に甘えて、この身を朗君に任せよう」

「ふん。笑っていられるのもいまのうちだけだぞ」

手を離し、身体を入れ替える。

連理は片足を立て、枕に軽く背を預けた。膝に片肘を乗せ、月季を手招きする。

「さあ」

裾が割れ、その隙間から白く引き締まった脚が覗いていた。

女のそれとは違う、固くしなやかな太腿に目が吸い寄せられる。月季は褥子の上を躙《にじ》り寄り、身を屈めた。緊張に強張る手で腰紐を解き、下着の前を引き下げる。

「！」

跳ね上がった陰茎《いんけい》の大きさに、早くも腰が引けた。

以前、被子の下で触れたことはあるが、まともに目にするのは初めてだ。する前からこんなことになっていたなんて、過去の連理の忍耐力には脱帽するしかない。

（これを……）

以前、されたようにすればいい。平静を装いながら、情欲の証を握り込む。固く屹立《きつりつ》したそれは驚くほど熱く、釣られたように月季の顔も熱くなった。

握り込んだ手を軽く上下に動かしながら顔を近づけ、口接けた。舌を差し出し、弾力のある先端部を口内に迎え入れる。根元を支える手に、まるで心臓に触れているかのような脈動が伝わってきた。

（たしか、こんなふうに……）

連理が口で奉仕してくれたときの記憶を辿りながら舌を動かす。

正直、あのときは途中から快感で頭が真っ白になってしまって、よく覚えていない。それでも見よう見まねでくびれを舐め上げ、滲み出る雫を啜った。ねっとりと絡みつくようなそれを、湧き上がる唾液とともに嚥下《えんげ》する。

「っん……」

初めて味わう雄の味に、月季は思わず喉を鳴らした。かつてないほどに昂奮を掻き立てられる。連理が零した溜息にも、情欲が色濃く滲んでいた。いま、彼がどんな顔をしているのか、見てみたい。

舌で愛撫を続けながら、月季はちらと視線を上げた。

目を細め、こちらを凝視する連理と視線が合う。

いつもは穏やかで凛とした顔が、うっすらと劣情の色に染まっている。美しい目はうっとりと潤み、かすかに充血しているようだ。

「……ふ……っ」

女と見まごうほどの容貌とは裏腹に、その身体の下には凶悪なまでの雄性を備えている。その落差を知るものは自分だけだと思うと、ぞくぞくした。

もっと、悦《よろこ》ばせたい。だれも知らない顔を見てみたい。

衝動に駆られ、月季は大きく口を開けた。根元近くまで口に含み、湧き上がる唾とともに滑る雫を飲み下す。

喉に締め付けられ、陰茎が大きく震える。生き物のように跳ねるそれに歯が当たり、連理が軽く眉を顰めた。

「つっ」

気持ちよくするどころか、痛みを与えてしまった。

月季は慌てて吐き出し、顔を上げた。

「悪い……」

「平気だ」

愁眉《しゅうび》を開き、連理がなんでもないと微笑んだ。こんなふうに甘やかされると、ますます自分の拙《つたな》さに落ち込んでしまう。

「やはり私では、そなたを悦くできないか……」

「そんなことはない」

連理は手を伸ばし、濡れた月季の唇を親指で拭った。愛おし気に目を細める。

「見ればわかるだろう。朗君が口で奉仕してくれる姿を見ているだけで、こんなにも昂奮している」

下肢では赤黒く怒張したモノが唾液に濡れ、ぬらぬらと光っている。萎える様子のないそれに安堵しつつも、月季は身体が疼くのを感じた。

「朗君……?」

落ちてくる髪を耳に掛け、再び身を屈める。双嚢《そうのう》を指で刺激しながら、腹につくほどの角度を持ったモノに舌を伸ばした。今度は歯を立てないように唇を使い、簫《しょう》を吹くように舌で辿っていく。先端に盛り上がった雫を舐め取ると、頭上から気持ちよさそうな溜息が聞こえた。いやらしい雄の匂いにくらくらする。

つと前髪に指を差し込まれ、掻き上げられた。視界が開ける。戸惑う月季に、連理が囁いた。

「奉仕する朗君の顔が見たい。嫌か？」

情欲に潤んだ目でねだられると駄目とは言えない。

答える代わりに目蓋を伏せ、口腔内に深く迎え入れる。大きすぎて息が詰まりそうだ。連理の視線を感じながら、上下に頭を振るようにして刺激していく。

「ん、ふ」

誰にも見せたことのない恥ずかしい姿を、連理に見られている。視線を意識すると、いたたまれなさに身が竦む思いだった。だが羞恥とは裏腹に、脚の間では自身が固く張り詰めている。身じろぐたびに敏感な亀頭部が布地に擦れるのがもどかしい。

「……ふ、……っ」

口淫を続けながら、月季は無意識に腰をもじつかせた。溢れた先走りが、また糸を引いて太腿に垂れていくのがわかる。

「ん……いい……」

感じ入った溜息とともに、頭に置かれている手に力がこもった。ぐっと押さえ付けられ、亀頭部が上顎に擦り付けられる。息苦しさに涙が零れ、月季は喉奥で呻いた。開き切った口端がピリピリと痛む。

——苦しい。

苦しいのに、下腹部が疼いてたまらない。昂奮で息が乱れ、はしたなく寝衣を濡らしてしまう。自分の身体がこんなにも淫らだったなんて知らなかった。まるで口の中までが性感帯であるかのように、口内を犯されて気持ちよくなってしまっている。

「ん、ん」

被虐的な快感に恥じ入りながらも、月季は激しく頭を動かした。含み切れない部分に指を巻き付け、扱きながら先端を吸い上げる。

「ん、……朗君……」

連理の息遣いが速まった。舌に感じる味が濃くなる。

「朗君、もういいから」

みなまで言われなくとも、男の状態はわかっていた。月季は睫毛を濡らし、より深く咥え込む。

——このまま、出してほしい。

「朗君、だめだ」

察した連理が身体を起こした。月季の頭を優しく押し、吐き出すように促してくる。だが月季は頑なにそれを拒み、嘔吐《えづ》く寸前まで深く咥え込んだ。連理が鋭く息を啜り、枕に背を預ける。きつく眉を顰め、息を止める姿から目が離せない。

「！」

歓喜に震える月季の口の中で陰茎が大きく脈打つ。同時に喉の奥にどろりとしたものが注ぎ込まれた。濃さに咽せながらも、零さず飲み込んでいく。

「っ……ん」

長大なモノをずるりと口から引き出し、月季は咳き込んだ。苦しさに涙が浮かぶ。

「朗君、出して」

吐かせようとする連理の手を拒み、一滴残らず嚥下する。べっとりと濡れた口の端が痺れていた。

連理が身体を起こし、寝衣の袖で月季の口許を拭いながら苦笑いする。

「無理して飲まなくても……」

軽く咳払いし、月季はキッと顔を上げた。

「無理などしていない。私がそうしたいからしている。……どうした？　悦くなかったのか？」

連理が急に口許を押さえ、悩ましく眉を寄せる。

さっき歯を立ててしまったところが、痛むのだろうか。心配する月季の手首を掴み、連理は深く息を吐く。

「いや……、とても悦かった。もう少しで息の根を止められるかと」

「あ?」

連理は苦笑いし、意味がわからない顔をしている月季を抱き寄せる。

香しい吐息がかかり、月季は反射的に目蓋を閉じた。肩に腕を回し、自ら唇を開いて口接けを誘う。そのまま牀にもつれ込み、ふたりは熱い吐息を交わした。

重なる唇の感触と、絡みついてくる舌が心地いい。角度を変えるたびに唾液が糸を引き、熱い吐息が零れる。

「ふ……いやらしいな、朗君は……舐めながらこんなに汚していたなんて」

接吻に夢中になっていた月季は、その声にはっと目を開けた。

いつのまにか腰紐を解かれ、下着ごと寝衣を脱がされていた。足の間では、ぐしょぐしょに濡れた自身が健気に頭を擡げている。

月季は慌てて連理から離れると寝衣を手繰り寄せた。

「見るなっ」

「……。いままでもっといやらしいことをしていたのに?」

返す言葉もなく、月季は耳まで赤くなりながら寝衣の裾を握り締める。寝衣で隠されているのをいいことに、口淫しながらいやらしく勃てていたことを知られてしまった。えらそうな顔をして、中身はただの色狼と思われたに違いない。

涙目で黙り込む月季に、連理は蕩けるような笑みを浮かべながら提案した。

「よし、では、朗君が恥ずかしさを忘れるくらい、もっといやらしいことをしよう」

月季から強引に寝衣を取り上げ、連理が覆い被さってくる。自らも寝衣を脱ぎ捨て、月季の胯座《またぐら》に上体を伏せた。

これでもう身動き取れないだろう、とばかりに、月季を悪戯っぽい目で見上げる。

「連理……なにを……」

どうにか肘で上体を支え、月季は足の間にいる連理を見下ろした。視線の先で、連理が張りのある胸筋を両側からすくい上げる。そのまま見せ付けるように、胸筋の間に月季自身を挟み込んだ。

「——!」

浅い胸の谷間から、赤黒く勃起した玉茎が濡れた頭をのぞかせている。淫猥すぎる光景に、月季は声も出ない。大きく唾を飲み下し、連理の顔を見る。

「な、……なにをする……っ」

「言っただろう、いやらしいことだ」

「よせ、そんな……っうあ……っ」

視線を合わせたまま、玉茎をぬるんと扱かれる。

力を入れていないときの男の胸筋は、弾力がありながらも柔らかい。その狭間に自身を挟まれ、ぬるぬると扱かれる。

背筋を駆けあがる強烈な快感に、月季は息を呑んだ。

「っ、い、いやだ、それはっ……」

「嫌か？　ここはそうは言っていないようだが」

連理は笑い、玉茎を挟み込む胸筋に力を入れた。弾むような肉に締め付けられ、月季は腰を戦慄かせる。

視覚的な刺激が強すぎて、目が離せない。だらだらと漏れ続ける先走りが潤滑となり、律動はますます滑らかになっていく。

強烈な快感に腰が抜け、すぐにでも達してしまいそうだった。射精感に抗うように、敷布を固く握りしめる。月季の反応を楽しむように、連理は擦り付ける動作を早めた。

「気持ちいいのだろう？　素直にそう言えば、もっと悦くしてやる」

月季は首を振り、頑なに口を閉じる。自分がこんな破廉恥《はれんち》な行為で悦んでいるなんて認めたくない。だが連理は上目遣いに月季の顔を見つめ、甘えるように囁いた。

「朗君の口から聞きたい」

「っう……く……っ」

清廉な九天玄女が、自分にだけ見せる雄の表情にゾクゾクする。その瞳は月季だけを見つめ、湧き上がる昂ぶりを隠そうともしない。鍛えられた胸元に、自分の漏らした性液がねばりついている。淫蕩なその様を目にした瞬間、理性が弾けた。

「イ、いい、……っ、気持ち、い……っ」

「ふ」

連理はうっすらと笑みを浮かべ、唇を舐めた。ぬるりと深く扱き、谷間から卑猥に突き出ている亀頭部に舌を丁《あて》る。喘ぐように開閉する孔を舌先で穿《くじ》られ、月季は悶えた。

「ひ、っ……っあ、ぁ……っ」

もっとも敏感な先端だけを口に含まれる。内挟《ないきょう》の技を続けながら、唇を窄《すぼ》めて亀頭部を扱かれた。過敏なそこを弾力のある舌で嘗め回されると、身体から力が抜けてしまう。上体を支えていた肘が滑り、敷布に沈み込む。

「あ、あ、離せ……っもう、出る……っ」

意趣返しのつもりか、強く吸い上げられた。下腹部が痙攣し、熱い液が腹の奥から込み上げてくる。髪を乱し、月季はあえなく精を吐き出した。

「濃いな」

身体を起こし、連理は舌に出された白濁を掌にどろりと垂らした。

直視できず、月季は胸を喘がせながら顔を背ける。房中の秘事《ひめごと》で連理に敵うわけがない。わかっていても、呆気なく果ててしまった己の不甲斐なさに唇を噛む。

「……変態め……」

「ハハ、可愛かったぞ、朗君」

罵られても意に介さず、連理が覆いかぶさってくる。力が抜けたままの月季に、連理は熱い身体を添わせた。額から目蓋、鼻先、頬から唇へと、上から順に唇で辿っていく。射精の余韻が残る身体はひどく敏感で、些細な刺激も快感に変えてしまう。接吻のたびに月季は息を呑んで小さく震え、立てた膝の間に連理の身体を挟み込んだ。

「……あ！」

首筋を吸い、胸に顔を埋めた連理が、片方の手を下肢に伸ばした。乳頭を舌で弾かれ、月季の玉茎が再び腹の上で緩く頭を擡げ始める。だが、連理はわざとそれを放置し、精嚢《せいのう》を指先で持ち上げた。脚の間をくぐった指が後孔に触れ、月季の身体が小さく撥ねる。途端に硬く窄まった後孔に、さきほど掌に出したものを塗り付けられた。

「ひ、……ぁ……っ」

思わず脚を閉じようとする。だがすかさず、連理の膝がそれを阻んだ。乳首を舌であやしながら、連理が囁く。

「力を抜いて」

脚を開かされたまま、月季は浅く早い呼吸を繰り返した。白濁の滑りを纏った指が後孔を撫で、中に侵入しようとしているのがわかる。

そこに触れられるのは初めてではない。しかし、だからといって羞恥が消えるわけではない。連理の首にしがみつくようにして、月季はどうにか身体のこわばりを解こうとする。

顔を見られまいとしているのを感じ取ったのか、連理が低い笑い声を漏らした。舐めしゃぶられ、腫れぼったくなっていた乳首に歯を立てられる。

「っ！」

噛まれた瞬間、身体がびくついた。後孔が反射的にきつく窄まり、吸い込まれるように指が中に入ってくる。

「あ、あ！」

根元まで押し込まれ、月季は伏せた睫毛を震わせた。中の粘膜が複雑に蠢《うごめ》き、連理の指に絡みついて締め付ける。気まぐれに指の腹で敏感な場所を押し上げられるともう、たまらない。くぷくぷと音を立てて出し入れされ、月季はあられもない声を上げた。

「あ、ぁ……っ」

「朗君の内側も、こんなに柔らかくなって……」

中を掻き混ぜられるたび、きつく指を締め付けてしまうのが自分でも恥ずかしい。まるで抜くなと縋っているようだ。丹念に慣らされてきた後孔は、きついながらもすぐに指三本を貪欲に呑み込んでしまう。

「こんないやらしい身体で、側妃を娶ろうとしていたのか？」

とめどなく蜜を滴らせる玉茎を指で弾かれる。

息を詰まらせ、月季は震えながら首を振った。

「……っない、そなた、だけだ……っ」

巧みな指使いで琴絃《きんげん》を掻き鳴らされ、ようやく指を抜き取られる。

月季はぐったりと仰臥《ぎょうが》したまま、ただ胸を喘がせることしかできない。腰の下に枕を差し込まれ、慣れた手つきで脚を抱え上げられる。

硬い灼熱を後孔に宛がわれ、月季は固く目を閉じた。心の準備はできていたはずなのに、どうしても身構えてしまう。

「朗君」

呼びかけに薄目を開けると、連理が優しい目で見下ろしていた。

「怯えなくていい。そなたが嫌がることはしない」

「…………」

以前にも、同じ状況で似たようなことを言われた気がする。欲望のまま、乱暴に犯すこともできるのに、踏み留まって快感だけを与えてくれた。

改めて、連理への愛おしさが込み上げてくる。

――この男と、ひとつになりたい。

肌を合わせ、快感も痛みもすべてわかちあい、愛し合いたい。震えが止まり、心と身体が開いていく。月季は腕を伸ばし、両手で連理の頬を包み込んだ。唇を合わせ、ひとしきり舌を絡めあった後で囁く。

「来い」

濡れそぼった亀頭部が、後孔に強く押し付けられた。張った先端で窄まりを押し開かれ、ゆっくりと連理が中に侵入《はい》ってくる。

「は、ぁ……っ」

初めて味わう感覚に、月季は首を振り、喉を震わせた。

小刻みに揺らされ、太いモノがずくずくと奥へと進んでくる。内臓を押し上げられるような重圧は、指とは比べ物にならない。敷布を掴み、呻きを喉で押し殺して耐える。すぐに連理が動きを止め、月季の顔を覗き込んだ。

「痛いか？」

「……っ、痛く、ない……」

「それは重畳《ちょうじょう》」

連理が腰を引いた。途端に中が締まり、下腹部が波打つ。抜け落ちる寸前で再び浅く挿入され、月季はくぐもった声を漏らした。

まだ、半分も挿入っていない。にもかかわらず、規格外な大きさに身体が引き裂かれそうだ。痛みを感じないのは昂奮のせいか、それとも連理の極上の性技で身体が蕩けてしまっているせいだろうか。

「は……、やはり、きついな」

連理が熱い息を吐き、いたわるように月季の胸に口接けた。枕の脇に手をつき、汗で張り付いた髪を掻き上げる。

「朗君、もし無理なら……」

「無理じゃない」

は、は、と短く息を切らせながら首を振る。

やめてほしくない。最後までしたい。

「無理じゃない、……おまえがほしい」

「……もちろん」

次の瞬間、ずる、と陰茎が引き出された。間を置かず、一気に突き上げられる。性急な動きに粘膜が痙攣し、中の連理自身をぎゅうぎゅうと締め上げた。強烈な感覚に月季は息を詰まらせ、震えながら耐える。幾度か浅く腰を送り込まれたかと思うと、ぐちゅん、と音を立てて腰が強く押し付けられた。

「んぁっ」

根元まで押し込まれ、下半身が密着する。月季は目を見開き、ヒュ、と息を呑み込んだ。嵌り込んだ場所から重い痺れが一気に広がる。

「ぁ、っ……や……深、い……っ」

後頭部を敷布に擦り付け、月季はガクガクと身を震わせた。口の端から唾液が伝い落ちる。

「っぁ、もう、……っもう……ッ」

腹の奥が痙攣し、熱い液が精管を急激に駆け上がってくる。脳髄が白く焼き切れるような快感に、月季は抗う術をしらない。湧き出るように吐き出された白濁が、腰骨の横を伝って敷布に染みを広げていく。

「果てたのか?」

「……う……」

月季は涙ぐみ、顔をそむけた。連理が目を細める。

「すっかり私のための孔になってしまったな」

困ったような口振りとは裏腹に、嬉しそうな表情が腹立たしい。

「いちいち、言うな……!」

涙目で手を振り上げる。打たれる前に手首を掴み、連理は唇を押し付けた。腕の内側を紅い舌が舐め上げる。

「通じ合うには言葉が大事だ。閨房の語らいは特にな」

「あ……！」

指を絡め合わせ、褥子に組み伏せられる。繋がる角度が変わり、ぼってりとした亀頭が敏感な場所に食い込んだ。強すぎる快感に、月季の目尻から涙が滴る。

衾褥の中で手を握り合い、歓愛に溺れる。それはまるで連理が口ずさんだあの詩の再現のようで。

「は……っ、……っ、ぁ、……っ」

ゆっくりと抽挿しては止められ、焦らすように小刻みに奥を捏ねられる。むやみに吐精せず、精気を養うのが閨房の作法だ。しかし、達したばかりの身体はどこもかしこも敏感で、少しの刺激でも鳥肌が立つほど感じてしまう。

ともすればあられもない声を上げてしまいそうで、呼吸さえままならない。一突きごとに月季は息を弾ませ、無意識に連理の手を握り締めた。

「朗君、淫欲に逆おうとするな。ゆっくり息をして……」

察した連理が片手を解き、月季の臍のあたりを撫でる。月季は深く息を吐き、連理の手に自分の手を重ねた。まるで強い霊力を注がれたように腹の奥が熱い。

「そう……陽の気を循環させて、丹田で精気を練る……」

「……精気が満ちれば、玄鳥の卵も養える、のか……？」

ふと、潤んだ目を連理に向ける。

臍下に掌を当てたまま、連理は大きく目を開いた。するりと手を引き、なにかに耐えるようにしばらく息を詰める。

ややあって、連理は深々と溜息をついた。

「……耐えられそうにないな」

「わ……私が、早漏だと言いたいのか」

「まさか」

連理が低く笑う。

「朗君が愛らしくて、私がもたない、と言ったのだ。ずっと朗君の中にいたいのに、ほら」

「っあ」

びく、と中で連理自身が大きく跳ねる。わざとだとわかっているのに、声を上げてしまうのは、悦い場所を押し上げられたからだ。それは中にいる連理にも露骨に伝わったらしい。低い笑いが大きくなり、ますます腹に響く。

「ふ、朗君は本当に……クク、上上品《じょうじょうぼん》だ」

「お、おまえ、なんてことを……っ」

月季は真っ赤になった。揶揄い交じりに名器だと褒められたのだ。

「それほどまでに私の子を孕みたいとは、男冥利につきる」

「黙れ……っぁあ！」

男が本格的に圧《の》し掛かってくる。罵りはすぐに掠れた喘ぎへと変わった。律動の速度が上がり、より深く挿入される。とろりと充血した粘膜が、連理のモノに絡みつき、奥へ奥へと吸い込んでいくようだ。

「朗君」

「あっ、ぁっ、あ、——っ」

悦い場所を抉られ、月季の背中が弓なりに反りかえる。愛撫をねだるように突き出した胸を連理の手がやんわりと掴んだ。

「あ……っ」

張りのある肌に指が沈み、つんと勃った乳首を親指で捏ね回される。散々ねぶられた末に、赤く腫れたそこを弄られ、痛みにも似た快感が月季を苛んだ。こんな快楽はいままでに経験がない。巧みに腰を使われ、否応なしに再び絶頂へと追い上げられていく。

「待っ……待ってくれ」

「うん？」

連理が動きを止め、顔を覗き込んだ。さきほどからずっと腹の奥が痙攣している。

「もう少し、ゆっくり……。我慢、できない……」

いま動かれたらすぐにでも果ててしまいそうで、言葉を詰まらせながら訴える。

月季の濡れた睫毛に唇を触れさせ、連理が深い溜息をついた。

「朗君、さっきから煽りすぎだ」

「あ、……っあ……っ！」

中にいる連理自身が大きく体積を増していく。中の粘膜が裂けそうに伸び、連理自身に張り付くのがわかる。

ずるりと引き出され、狭い肉を掻きわけて根元まで押し込まれる。強い快感の波が押し寄せ、思考もなにもかもが一気に呑み込まれた。もう、なにも考えられない。月季は力の入らない手を精一杯突っ張り、連理の動きを押し止めようとする。

「あ、あ、強い、……連理、っ壊れるっ……っ……」

「大丈夫。大丈夫だから、もっと感じて」

腰を抱え上げられ、幾度も突き上げられる。揺さぶられ、悦いところを断続的に擦り上げられた。律動に合わせて玉茎が腹の上で跳ね、たらたらと精水を漏らし続けている。

「あ、っ……連理、連理……っ」

何度も名を呼びながら、連理の背中に爪を立てる。閨房の作法など考える余裕はなかった。目蓋を閉じ、ただ連理から与えられる快楽に耽溺する。

「は……、朗君、一度出しても……？」

掠れた声に、月季は朦朧としながら目を開けた。〝一度〟の意味がわからないまま、揺れる視界に汗で濡れた連理を捉える。月季は激しく息を乱し、答える代わりに、両足を男の腰に絡ませた。

「っ、あ」

引き締まった腰を硬い太腿で挟み込み、強く引き寄せる。律動が乱れ、連理が倒れ込んできた。接合部が密着し、低い呻きとともに欲望を注ぎ込まれる。

「う、……ッ」

どくどくと最奥に射精される生々しい感覚に、月季は陶然とした。射精を伴わない絶頂は長く続き、いつまでも脳を痺れさせる。余韻を味わいながら、月季は掠れた声で呟いた。

「……苦しい……」

その声に、連理が身体を離そうとする。

だが月季はそれを止め、代わりに連理の右手を取った。自身の左胸に押し付ける。

「ここだ。ここが苦しい……破裂しそうに」

不安そうだった顔が、ふわりと甘く解ける。

月季の頬に口接け、連理は困ったような溜息をついた。

「朗君は私を煽る天才だ」

「……あ？」

「私が我慢強くなかったら、いまごろ滅茶苦茶に犯している」

そう言われて、ふと考える。

豹変した連理に押さえ付けられ、獣《ケダモノ》のように激しく突き上げられ、泣くまで焦らされる——否、ありえない。

優しい連理が、自分にそんなことをするはずはない。だが否定する一方で、悪くないと思ってしまう自分がいる。少し怖い気はするが、相手が連理ならどこまでも求められたい。

結局のところ、連理になら、なにをされても嬉しいのだ。

「朗君？」

月季は苦笑いし、首を振った。

愛する男の頬を指で辿り、自分から口接ける。

「そなたになら、なにをされても許すだろうなと……思っただけだ」

「……本当に？」

連理の幸せそうな顔を見ながら、月季もまた心に温かいものが満ちるのを感じていた。

見返りなどいらない、ただ相手を喜ばせたい。相手が笑ってくれるだけで幸せな気持ちになれる。この温もりこそ、自分が喉から手が出るほど求めてきたものだ。

『そなたにだけは傷ついてほしくない』

『引き受けられるものなら、そなたの苦しみはすべて私が引き受けよう』

連理の言葉が、いまの自分の気持ちと重なる。

たとえ自分が苦しむことになろうとも、愛する者にだけは苦しんでほしくない。自分と同じ苦しみを味わってほしいなどと願うのは横暴でしかない。

（すまなかった、二弟……私は、間違っていた……）

紅琰の言ったことは正しかった。

あの頃のことを、心から謝りたい。

「本当だ。……ただし、そなたを失うこと以外はな」

「安心してくれ。朗君に嫌がられても永遠に離れない」

互いの背に腕を回し、きつく抱き合う。

「ああ。私も、永遠に離さぬ」

――来世も、再来世も、その先も。

そう囁く連理の声が耳に甘い。

幸福感に満たされ、ふたりはまた肌を重ねていった。

【額外篇】　数年后

──東宮の庭のどこかで玄鳥が鳴いている。

仙木の梢《こずえ》に咲く花はいまが盛りだ。

「よしよし、いい子だな」

白い花びらが舞い落ちる木の陰で、月季は赤子をあやしていた。腕の中の赤子は終始ご機嫌で、落ちてくる花弁を掴もうと福々《ふくふく》しい手を伸ばしている。

「この花が好きなのか？　そうか、父も好きだ。……ん？　池の鯉が見たいのか？　ではこの父が連れて行ってやろう」

赤子を抱き直し、庭園の池にかかる魚背橋《うおせばし》の中ほどで足を止める。

餌を期待して、水面に人影が映ると色とりどりの鯉が一斉に集まってきた。ぱくぱくと水面から顔を出すのが面白いのか、赤子はきゃっきゃと笑い声を上げている。

「そなたはよく笑うな。連理に似て愛らしい。父は嬉しいぞ」

赤子の顔を覗き込み、月季は蕩けそうな目で微笑んだ。

親馬鹿の自覚はある。なにしろ産まれ出たその日から、天帝を骨抜きにしたほど美しい赤子だったのだ。願わくは連理のように大らかで、皆に愛される子に育ってほしい。

「んー！」

　ふと、赤子が遠い向こう岸を指さした。その先を目で追うと、池のほとりで寄り添っている貔と貅の姿が見える。

「あれは貔貅だ。ピーシゥ。……まだ言えぬな」

　赤子がキャーと甲高い声を上げる。むちむちした手で頬を叩かれても嫌な顔ひとつ見せず、むしろ幸せそうに月季は話し続けた。

「大きくなったら、背中に乗せてもらうといい。きっと、そなたのよき相棒となるだろう」

　太歳を破壊した後、宵練は再び双角の腹の中に納まった。

　九死に一生を得た双角は避邪《へきじゃ》と名付けられ、いまは天禄の番として仲睦まじく東宮で暮らしている。天禄と揃いの牛鈴を首に付け、どこにいくにも一緒だ。

「朗君」

　呼び声に振り向く。魚背橋の袂《たもと》に乳母を連れた連理が立っていた。

「そろそろ昼寝の時間だ」

「そうか」

　名残を惜しみつつ、月季は赤子をそっと連理に渡した。抱き取られた赤子は親指を口に入れ、ちゅうちゅうと吸いながら連理を見上げる。

「ふふ、いい子だ。こんな小さいうちから朗君に似て男神《イケメン》だな」

「そうか？　私はそなたのほうに似ていると思うが」

はしゃいで眠くなったのだろう。赤子が小さく欠伸《あくび》をする。

連理は乳母に赤子を託し、寝かせてくるようにと言って下がらせた。

乳母が立ち去ると、連れ立って歩きながら月季が池の向こうに視線を投げる。

「天禄め、主を放ったらかして、避邪と四六時中いちゃついてばかりだな」

以前の天禄は、常に月季について回っていた。だが、番を得てからは月季そっちのけで避邪にデレデレしている。

呆れた顔の月季を連理が背後からそっと抱いた。

「双角には滅多に出会えない。やっと見つかった運命の相手なのだ。大目に見てやろう」

「フン。あれで気を遣っているつもりなのだからな」

戯れている二頭の神獣を眺めながら、月季が苦笑いする。番の傍にいるときの天禄は、自身も神獣の姿を取る。避邪に合わせる為だ。

避邪はまだ幼い。だが、これからも修練を経て、いずれは人の姿を得る。ただでさえ、ところ構わずの貔貅に発情期がきたら、と考えると頭が痛い。

「その辺で盛るなと釘を刺したのだろう？　天禄も節度はわきまえている」

「当然だ。子供の教育にも悪い。そういえば、貔貅にも子が生まれたりするのか？」

「さあな。でも、生まれれば東宮もさらに賑やかになるだろう。喜ばしいではないか」

それに、と連理は月季の額に唇を触れさせ、小さな声で囁いた。

「私たちにも……そろそろ、ふたつ目の卵が孵りそうだ」

（了）

参考文献：

『阮籍の「詠懐詩」について』吉川幸次郎著岩波文庫（※漢詩書き下し文を引用）
『中国古典文学大系（８）抱朴子（本田済訳）列仙伝・神仙伝（沢田瑞穂訳）山海経（高馬三良訳）』平凡社
『中国の神獣・悪鬼たち―山海経の世界（東方選書）』伊藤　清司　（著）、慶應義塾大学古代中国研究会（編集）
『経書大講第10巻列子　下・荘子　上』小林一郎（講述）平凡社
『新装版孫子の兵法』守屋洋産業能率大学出版部

■あとがき■

皆さまこんにちは、砂床《さとこ》あいです。

ありがたいことに神話改変モノ第二弾として「百華王《ひゃっかおう》の閨房指南《けいぼうしなん》」の番外編を出していただけました。今回もまた中華ドラマあるあるネタの押しかけ婚に、どこでも出てくる滋養の汁物、功夫ワイヤーアクションに男主角の白髪化などを組み込んだエビマヨBLとなっております。どこか一部でも楽しんでいただけたら嬉しいです。

私の読者様はとても心が広く優しい方ばかりで、実は前作のご感想のお便りのほとんどに「月季《ユエチー》を幸せにしてあげてください」と書かれていました。わかりやすい悪役として出した兄上が、なぜか担当編集様にも気に入られ、読者様からも同情していただけるなんて思ってもみなかったので、本当にありがたいやら嬉しいやら…。

さて、どんな話にしようかなと、改めて前作のキャラ設定を見返したら「性格が歪んでてケツの穴が小さい」という身も蓋もない走り書きがしてありまして途方に暮れました。これでは読者様の共感が得られない…ということで攻に尻の穴を広げさせましたが、いかがでしたでしょうか。

そうそう、尻の話繋がりでもうひとつ、結局あれから某AIにも聞いてみたのですが、中国神話でうんこした神様は見つけられませんでした。でも、うんこした神獣ならいるので、せっかくだし今回登場させてみました。詳しいことは本文に書いたので省きますが、尻の穴を塞がれた貔貅《ピーシゥ》は腹に財を貯め込む縁起がいい瑞獣《ずいじゅう》として中国では人気なのだそうです。蓄財のお守りですね。

月季には腹心の部下とか心友とかいないので、お友達と呼べるのは天禄《てんろく》だけです。天界の太子の従える神獣ならもっとこう、知的で高貴な、白澤《はくたく》とか麒麟《きりん》とかの方が相応しいと思われるかもしれませんが、本作はコメディなので申し訳ない。まるきり創作しても良かったんですが、「私が考えたさいきょうのしんじゅう」ってなるとおそらく髪は天然鰻で上半身は黒毛和牛、下半身は黒豚で腿は名古屋コーチンみたいなことになりかねないので。

さて、このあたりで創作の裏話的なことを申し上げると、最初に出したプロットでは九天玄女《きゅうてんげんにょ》など影も形もなく、月季の嫁は正真正銘の女性でした。子供を作った後に神体を失う事件からの転生ミスで性転換、という流れでBLに着地させていたのですが、なんと編集部NG出まして。…主人公CPに女性はダメですと。性転換で男になろうが、元は女だから駄目ですと。電話で。いや待って待って、未来の天帝が側妃も娶らず男と結婚となると、もはや天が滅びるコースじゃないですか、種を宿せるという百華王の特別感を保ったまま、ips細胞もない世界観でどうすれば…ってスマホ握り締めて十秒くらい必死に考えましたよね。

たしか西遊記では三蔵法師が妊娠っていうか堕胎までしてたはず、伏羲や后羿《こうげい》にも妊娠出産エピソードがあったし、ゼウスやセトだって妊娠出産経験してる、神様ならいずくんぞ男でもなんとかならんや（いや、ならない）――ただ幸い、出版は日本ですよ。三蔵法師は女優が演じ、Bカップ女子の沖田総司で一本ドラマが作られたほど懐深い文化の土壌がある国ですよ。天照大神にも男神説があるんだから、中国《ヨソサマ》の神話の女神を男に変えても許容してもらえるのでは――そんな葛藤と開き直りを経て生まれたのが本作です。でもほら中国の神様も、時代によって書の中で描かれる姿や設定は変わってきますし、西王母《さいおうぼ》も東《とう》王父《おうふ》と分離する前、漢代以前の書では両性具有だったりしますしね？（中国の人ごめんなさい怒らないで）

あと例によって格言やら漢詩やらが出てきますが、「壽則多辱」は『荘子・天地』から、「柔能制剛」は『三略（中国古典兵書）』から、「善戦者、致人而不致於人（善く戦う者は人を致して人に致されず）」「兵者詭道也（兵は詭道なり）」等はかの有名な孫氏の兵法からの出典です。九天玄女が黄帝《こうてい》に授けたとされるのは太一遁甲六壬歩斗の術とか三宮五意陰陽の略とかなんですが、残念ながら私の頭ではこの話に応用できませんでした。

阮籍《げんせき》の詠懐詩《えいかいし》は本文に記述があるので省きますが「在天願作比翼鳥、在地願爲連理枝（天に在りては願はくは比翼の鳥と作り、地に在りては願はくは連理の枝と為らん）」は白居《はくきょ》易《い》の『長恨歌《ちょうごんか》』からの出典です。ちなみに巫山《ふざん》之夢はえっちな夢という意味があり、これをタイトルに入れようと頑張って太歳星君《たいさいせいくん》を巫山に封印したのにボツになりました。頑張りが足りなかった…。

そんなこんなで、いろいろありましたが、傲嬌太子《ツンデレ》（傲嬌《アオジャオ》＝ツンデレという意味）は前作から五百年を経てようやく幸せを掴みました！　月季を応援してくださった方々の優しさに、少しでもお応えできていたら嬉しいです。

最後になりましたが、本作の刊行にあたり、お世話になった方々にお礼を申し上げます。まずはイラストをご担当いただきました石田《いしだ》恵美《めぐみ》先生、麗しいふたりをありがとうございました。衣装や調度品に加えて、傲嬌美人受と聖母的攻というリクエストにもお応えいただき、感謝の一言に尽きます。そして月季を推してくださった担当O様。月季を愛おしんでくださったお陰で、最後まで楽しく書き切ることができました。本当にありがたく思っております。

一番の感謝は読者様に。ここまで読んでいただき、ありがとうございました。年間一冊ペースで細々と書き続けていられるのも、買い支えてくださる皆様のお陰です。本当に感謝しかありません。よろしければ、また次作でお会いできますように。

二〇二三年　十二月　砂床あい

初出
「傲嬌太子と愛のない婚姻」書き下ろし

CHOCOLAT
BUNKO

この本を読んでのご意見、ご感想をお寄せ下さい。
作者への手紙もお待ちしております。

ショコラ公式サイト内のWEBアンケートからも
お送りいただけます。
http://www.chocolat-novels.com/wp_book/bunkoenq/

傲嬌《ツンデレ》太子と愛のない婚姻

2023年12月20日　第1刷

著　者:砂床あい
発行者:林 高弘
発行所:株式会社　心交社
〒171-0014　東京都豊島区池袋2-41-6
第一シャンボールビル7階
(編集)03-3980-6337 (営業)03-3959-6169
http://www.chocolat_novels.com/
印刷所:図書印刷 株式会社

百華王の閨房指南

天界一の色男、魔王太子を筆下ろし。

天族の第二皇子・紅琰は正体を偽って魔界で放蕩していると、魔王太子・雨黒燕の閨房指南役に選ばれてしまう。自慰の仕方も知らないほど純粋で心優しい雨黒燕に慕われて悪い気がしない紅琰。兄との確執に悩む中、雨黒燕と過ごす穏やかな日々はかけがえのないものになる。そしてついに迎えた夜伽の日、雨黒燕に突然想いを告げられる。天族と魔族、敵対する種族ゆえに報われない初恋を哀れみ、紅琰は一度だけ彼に抱かれるが…。

砂床あい
イラスト／ホン・トク